Haffmans' Helfende Hand-Bibliothek

Inhalt

Die Kutsche im Schlamm

Vorwort

Die ersten Zeilen, die ich zu Beginn dieser Geschichte an meinen Freund richte, sollten mir ein Vorwort ersparen, doch es muß nun mal eines geben: ein gedrucktes, gebundenes Buch ohne Vorwort, ist das ein Buch? Nein, ganz ohne Zweifel, es verdient noch gar nicht diesen Namen; es ist nur eine Art Buch, ein Buch ohne Diplom, ein Werk, das als Kandidat danach strebt, ein Buch zu werden, doch das dieses Namens erst mit dieser letzten Formalität wirklich würdig ist. Jetzt erst ist es vollständig: ob es geistlos ist, mittelmäßig, gut oder schlecht, mit seinem Vorwort trägt es den Namen Buch an alle Orte, zu denen es läuft; ein einziges Epitheton unterscheidet es von seinesgleichen: *gut* oder *schlecht*. Was die Widmung betrifft, so ist diese eine Formalität, man kann sie weglassen oder hinzufügen. Doch da es ein Vorwort geben muß, bitte, liebe Leser, hier ist es.

Ich weiß nicht, ob dieser Roman Gefallen finden wird, seine Form erscheint mir unterhaltsam, die Komik lustig, das Phantastische ziemlich neu, die Übergänge recht natürlich, und die eigenartige Mischung all dieser verschiedenen

Dinge gibt ihm etwas ganz Außergewöhnliches, das hoffen läßt, er unterhält eher, als daß er langweilt und ... Doch ich glaube, ich beginne mein Vorwort sehr schlecht: man braucht sich nur meine Urteile anzusehen: ein Buch, dessen Komik lustig ist, die Übergänge natürlich, das Phantastische neu; wenn dem so ist, dann ist es ein schönes Werk. Doch wer sagt das? Ich selbst, der Autor. Oh, wird man sagen, wie komisch diese Autoren sind mit ihren Vorworten, die sie mit dem Lob ihrer eigenen Bücher füllen. Doch ihr selbst, Leser, ihr seid auch merkwürdig! Ihr wollt unbedingt ein Vorwort und empört euch, weil der Autor sagt, was er von seinem Buch hält; ihr solltet begreifen, daß, wenn ihm das Buch nicht gut erschiene, er es nicht verfassen würde. Gut, werdet ihr sagen, ich gebe zu, er veröffentlicht es nur, weil er es dessen für würdig hält; doch ein Gefühl der Bescheidenheit, ja sogar der Demut sollte, wenn er sein Buch ankündigt, sozusagen einen Vorhang vor seine gut oder schlecht begründete Meinung ziehen, es sei gut: mag er eitel sein, vermessen, meinetwegen; schlecht über das denken, was man macht und es dennoch herstellen, das ist unmöglich, es sei denn, man wäre geistig gestört. Doch Gutes von seinem Werk halten und es bescheiden ankündigen, das ist das Verhalten eines klugen Autors, der, wenn er auch seine Eitelkeit nicht unterdrücken kann, sich wenigstens durch die geschickte Maske der Bescheidenheit vor der Lächerlichkeit rettet, sie zu zeigen.

Nun ja, ich gebe zu, ich habe es falsch gemacht, ich habe zu offen gesagt, was ich denke; ich werde mich also maskieren.

So wißt denn, liebe Leser, daß ich, wenn ich Euch diese Geschichte vorlege, nicht so eitel bin zu glauben, ich schenkte Euch etwas Schönes. Ein paar gewiß schmeichlerische Freunde haben mich gedrängt, sie zu verfassen, doch ... Doch kommen Sie endlich zum Schluß, ruft jetzt vielleicht ein grämlicher Misanthrop; wenn Sie wissen, daß Sie mit dem Geschenk Ihres Buches nichts Schönes schenken, warum verfassen Sie es dann? Schmeichlerische Freunde haben Sie dazu gedrängt, sagen Sie; nun, dann hätten Sie eben mit ihnen brechen müssen, denn es sind Ihre Feinde; oder aber, wenn Sie so gedrängt worden sind, hatten Sie nicht die Möglichkeit des Feuers, um das schlechte Ergebnis ihrer Zudringlichkeit verschwinden zu lassen? Eine schöne Ausrede, dieses inständige Bitten! Ich kann diese aufgeputzte Demut nicht ausstehen, diese alberne Mischung von Heuchelei und Hochmut, die fast allen Herren

Autoren eigen ist; mir wäre eine offen ausgesprochene Anmaßung lieber als diese unaufrichtigen Winkelzüge.

Und mir, Herr Misanthrop, wäre es lieber, ein Buch ohne Vorwort zu schreiben als zu schwitzen, um es schließlich niemandem recht zu machen. Ohne die störende Absicht, dieses Vorwort zu schreiben, hätte ich von meinem Buch mit viel offeneren, zutreffenderen Worten gesprochen, weder demütig noch eitel; ich hätte gesagt, es habe Phantasie, doch ich wagte nicht zu entscheiden, ob sie gut sei; ich hätte im übrigen beim Niederschreiben sehr viel Vergnügen gehabt und wünschte, die andern hätten es ebenfalls. Doch der Gedanke an ein Vorwort hat meinen Geist so aufgeblasen, daß ich an den üblichen Klippen gescheitert bin.

Gott sei gelobt, jetzt bin ich von einer schweren Last befreit, und ich lache noch über die Figur, die ich abgegeben hätte, wenn ich mein Vorwort hätte begründen müssen. Adieu, ich ziehe es tausendmal vor, kurz abzubrechen, als daß ich durch zu große Ausführlichkeit langweile. Beginnen wir mit dem Werk.

Die Kutsche im Schlamm

Endlich, lieber Freund, halte ich Wort; hier ist die Erzählung der kleinen Geschichte, die ich Ihnen versprochen hatte. Diese Erzählung wird ganz getreu sein, ich gebe sie so wieder, wie ich sie gehört und selbst gemacht habe; denn wie Sie wissen, war ich unter denen, die sie verfaßt haben. Doch um Sie noch besser mit der Sache vertraut zu machen und um jenen, die das hier lesen werden, den Grund für die verschiedenen Arten zu erklären, in denen die Geschichte geschrieben ist, werde ich mit den Umständen beginnen, durch die sie verursacht wurde.

Ich fuhr vor vierzehn Tagen mit der Reisekutsche von Paris ab, um mich nach Nemours zu begeben, wo ich Geschäfte zu erledigen hatte; da ich die kleine Reise zwei Tage nach Karnevalsende antrat, war meine Müdigkeit infolge der durchwachten Nächte und der vielen Lustbarkeiten so groß, daß ich gleich am Vormittag in der Kutsche einschlief, ohne so neugierig gewesen zu sein, meine Reisegefährten zu betrachten. Ich erwachte eine halbe Stunde vor der Ankunft an jenem Ort, wo zu Mittag gegessen wird, und nachdem ich mir gründlich die

Augen gerieben, mich gereckt und gestreckt und hinter vorgehaltener Hand ein paarmal gegähnt hatte, zog ich meine Tabaksdose aus der Tasche, um mir mit ein wenig Tabak die lästigen Überbleibsel meiner Schläfrigkeit zu vertreiben. Ich wollte sie gerade wieder schließen, als eine recht hübsche Dame, weder jung noch alt, doch beides in genügendem Maße, um die Liebe oder die Gleichgültigkeit zu rechtfertigen, die man für sie empfunden hätte, als diese Dame also mit sanfter Miene und ebensolcher Geste sich eine kräftige Prise daraus nahm; ich bat sie ziemlich überflüssigerweise um Verzeihung, ihr keine angeboten zu haben. Kaum hatte ich meine Höflichkeit hervorgebracht, als ein mitreisender Chevalier mich bat, ihm ebenfalls Tabak zu geben. Damit machte er den andern Lust, auch welchen zu nehmen, und jeder griff in die Dose. Unser Kutscher, der neben dem Schlag herlief, streckte seine Hand aus, um welchen zu bekommen; der Postillon folgte, und so labte ich bei meinem Erwachen sämtliche Nasen in der Kutsche. Bekanntlich versetzt der Tabak bei Gelegenheit ebenso in Stimmung wie der Wein; wir redeten miteinander, betrachteten uns und kamen nach einer halben Stunde Bekanntschaft als die besten Freunde der Welt in dem Gasthof an.

Wir waren zu fünft: die Dame, die ich bereits erwähnt habe, ein Chevalier von ungefähr fünfunddreißig Jahren, der mir ein Schöngeist zu sein schien, ein vergnügter Greis von guter Leibesbeschaffenheit und, wie mir schien, mit noch recht jungem Herzen und Geist, eine junge, sehr lebendige Demoiselle von fünfzehn und ich, der ich keineswegs mehr verschlafen war.

Ich werde Ihnen bald die Porträts unserer Reisenden geben, doch zunächst zum Essen, das ich ungeduldig erwartete: es wurde aufgetragen, wir setzten uns zu Tisch, und jeder aß, als mißgönnte er es den andern. Auf Reisen verbinden sich die Gerichte, die man ißt, selten mit Gesprächen; die erste Sorge gilt dem Essen, man unterbricht es nur, um nach Getränken zu verlangen, denn Trinken ist für einige eine zumindest ebenso ernsthafte Beschäftigung.

Nach dem Essen setzten wir uns an ein großes Feuer: hat man keinen Hunger mehr, ist es kalt, und findet man nach Tisch ein gutes Feuer, so unterhält man sich gern; wir hätten es auch gern getan, doch ein mitleidsloses Peitschenknallen, das der Kutscher im Hofe ertönen ließ, und ein »Auf, meine Herrschaften«, das eher dem Gebrüll eines Ochsen glich als einem Ruf, zwang uns alle, uns von einem Ort loszureißen, an dem wir gerade die sanfte Wollust zu genießen begannen, nach Herzenslust zu plaudern; ich sage Wollust, weil es eine ist, zumindest empfinde ich es so.

Unsere Wirtin, eine recht gut aussehende Frau, kam zum Abrechnen; wir fragten, was wir ihr schuldeten; was Ihnen beliebt, entgegnete sie. Wir boten eine bestimmte Summe ... Es ging hin und her: Kurzum, das Was-Ihnen-beliebt endete für uns damit, zu wollen, was ihr beliebte; danach stieg jeder mit seinem kleinen Päckchen wieder in die ermüdende Kutsche.

Ich werde Ihnen nicht die genauen Einzelheiten unserer Gespräche am Nachmittag berichten, sie tragen nichts zu unserer Geschichte bei; es möge Ihnen genügen, daß Zärtlichkeit und Liebe die Themen waren, über die wir sprachen, daß die Dame über sie als Romanheldin urteilte, daß der Schöngeist seine Reden mit tausend Verszeilen schmückte, daß er häufig die Einbildungskraft mit dem Herzen verwechselte, daß der Alte ungereimtes Zeug schwatzte, jedoch mit viel Gefühl, was ihm die Nachbarschaft des fünfzehnjährigen Mädchens eingab, neben dem er saß, und daß schließlich dieses Mädchen mit seinen lebhaften und unbefangenen Bemerkungen die zutreffendste und natürlichste Beschreibung dieser Leidenschaften gab. Ich selbst glitt über das Ganze hinweg, und ohne jemandem zu widersprechen, schien ich die Gefühle jedes einzelnen besonders zu unterstützen; nur mit der Ausnahme, daß ich den beiden Damen von Zeit zu Zeit wohlwollende Blicke zuwarf, und zwar ziemlich kokett, damit keine der beiden die geschickte Teilung bemerkte, die ich vornahm. So ist der Mensch, Sie erkennen mich gewiß an diesem Zug, und ich hoffe, Sie werden mich immer daran erkennen.

Ich prüfte während dieser Gespräche die verschiedenen Charaktere unserer Reisenden, denn man soll aus allem Nutzen ziehen; es schien mir, daß die Dame zu jenen Frauen gehörte, die, von Natur aus fast übertrieben zärtlich, ich meine von dieser Helden und Heldinnen eigenen schönen Zärtlichkeit, ihrer Anlage noch durch die Lektüre der rührendsten Romane nachgeholfen hatte; hinter allen ihren Ausdrücken steckte die Lust am Abenteuer, hin und wieder seufzte sie auf und blickte schmachtend gen Himmel; dazu kam noch die vollkommene Haltung einer Liebenden von bestem Geschmack, die aller Arbeiten Coriolans würdig gewesen wäre; ihr Mund, ihre Augen, ihre Kopfbewegungen, ja ihre kleinste Handlung waren ein lebendiges Bild der Gestalt, die Amor einst bei den berühmten Abenteuerinnen annahm.

Bei der jungen Demoiselle dagegen, die ihre Tochter war, standen Herz und Gefühle in besserem Verhältnis zum Geschmack des Jahrhunderts; ganz allgemein schien es mir, sie hätte nicht zärtlich sein können, ohne auch verliebt zu sein, und das gerade ist die wahre Zärtlichkeit, und alles andere, mag das auch den weiblichen Erben der Gefühle antiker Heldinnen mißfallen, ist reine Einbildung. Was den Chevalier von fünfunddreißig Jahren betrifft, den ich bereits einen Schöngeist genannt habe, so ist es unnötig, Ihnen eine Beschreibung von ihm zu geben; Sie kennen die meisten dieser Originale besser als ich; er war ein Mann, der viel redete, sich an jedem Satzende selbst bewunderte, dessen Gesten von einer eher anmaßenden als angebrachten Lebendigkeit sprühten, der das Zartgefühl bis in imaginäre Räume ausdehnte, es dabei aus den Augen verlor und auch die andern dazu brachte, es zu verlieren, und der, obwohl er über ein Nichts sprach, das Geheimnis besaß, seinen Redestrom nicht versiegen zu lassen.

Unser Alter war ein braver Mann, der sich in der Folge unserer Gespräche als Finanzier herausstellte; sein ausführlicher Umgang mit Geld gab ihm alltägliche, schlichte, doch vertraute Gedanken; er schäkerte viel mit dem jungen

Mädchen, in neckendem Ton; ein wenig Liebe, von seiner Nachbarin eingeflößt, brachte eine altmodische Zärtlichkeit hinein, die jedoch fröhlich und unterhaltsam war.

Ich selbst war so, wie Sie mich kennen; ich zeichne kein Porträt von mir, es wäre entweder zu schön oder zu häßlich, denn dank der Eigenliebe sind die Menschen nicht fähig, den richtigen Punkt zu erfassen, und man sagt lieber unendlich viel weniger, um nicht zu viel zu sagen, oder man sagt zu viel, aus Angst, nicht genug zu sagen. Kehren wir zu unsern Reisenden zurück. Das Gespräch über die Liebe hatte sich sehr erhitzt, als infolge der Unachtsamkeit der Kutscher, die in unserem Rücken eine Steingutflasche leerten, unsere herrenlosen Pferde einen Weg mit dickem Schlamm einschlugen, in dem die armen Tiere tief einsanken, ebenso wie die Räder des schweren Wagens, der nicht mehr vorankam. Die Kutscher bemerkten das Anhalten der Pferde, sie gingen mit Hü und Hott und vielem Peitschengeknalle auf sie zu, die erfahrenen Pferde strengen sich an, schwitzen und sinken umso tiefer ein, die Kutscher schreien sich ihre durstigen Kehlen heiser, peitschen wie die Wilden: nutzloses Bemühen, die Pferde kommen bereits ins Schnaufen; unsere Phaethons fluchen, und nichts geht voran: wir steigen aus, sie verdoppeln ihre Schläge und Flüche, doch die Bastille steht nicht fester auf ihren Grundmauern als unsere Räder in dem vermaledeiten Schlamm.

Inzwischen vertreibt die Nacht den Tag; wir haben noch zwei Meilen vor uns, bald werden wir nicht mehr die Hand vor Augen sehen, die Kutscher haben keine Möglichkeiten der Hilfe mehr als den Himmel, den sie zu spät anrufen und der sie nicht erhört wegen ihrer schrecklichen, endlosen Mischung von Bitten und Flüchen; schließlich ist jegliche Hoffnung, das unbewegliche Gefährt zu entwurzeln, verloren: was tun? Es gibt zwei Möglichkeiten, die eine, ohne Abendessen auf der Wiese zu übernachten, die zweite, querfeldein durch Gebüsch, Gräben, Sumpf und Schlamm ein kleines, nur aus ein paar Häuschen bestehendes Dorf zu erreichen, dessen Glocken wir schüchtern die Luft durchdringen hören. Die zweite Möglichkeit erscheint die weniger schlechte. Welch ein Absturz, ihr Götter! von der liebenswürdigen Unterhaltung zu dieser traurigen Notlage! Liebe, Liebe! das ist dein Abbild, du verführst uns durch süße Anfänge, doch stets sind schreckliche Katastrophen der Kern der schmeichelnden Verlockungen, mit denen du uns getäuscht hast.

Pardon, mein Lieber, wenn ich meine Erzählung mit dieser Abschweifung unterbreche, aber unsere Lage in diesem Augenblick war so jammervoll, daß allein die schlichte Beschreibung davon noch melancholische Gedanken in mir hervorruft.

Wir entschließen uns also, das kleine Dorf zu erreichen, nur der Postillon bleibt zur Bewachung des Wagens zurück. Der Kutscher folgt uns, um Pferde zu holen, die den unseren helfen sollen, sich aus dem Schlamm zu befreien.

Das Abenteuer rief bei der Dame, die der Zufall mir zu führen gab, tausend Verwünschungen gegen das Schicksal hervor; doch ich hatte den Eindruck, daß sie entzückt war über die Gelegenheit, diese Verwünschungen anzubringen: da ich ihren Charakter durchschaut hatte, können Sie sich denken, daß ich mich entsprechend verhielt und ihr in einer Sprache antwortete, die sich der ihren anglich. Das Laufen war mühsam, ab und zu blieben wir in Dornen und Ranken hängen, manchmal tauchten wir mit den Beinen ins Wasser der Gräben. Als Anführer hatten wir den Schöngeist, der mit einem aus unserer verhängnisvollen Lage geborenen begeisternden Einfallsreichtum versuchte, uns von der lästigen Aufmerksamkeit abzulenken, die jeder von uns seinen diversen Leiden schenkte; was mich betraf, so unterhielt ich, wie gesagt, die Dame in zartfühlender und gleichzeitig phantasievoller Weise, und diese Übereinstimmung mit ihrer Gedankenwelt, die mir gelang, entlockte ihr unwillkürlich Antworten, die durch ihre sanften und stolzen Wendungen überaus komisch wirkten: es war schade, daß diese romanhafte Färbung sich auf alles ausdehnte, was sie sagte, denn ich entdeckte viel Geist bei ihr.

Der Alte hielt die junge Demoiselle an der Hand, die aus vollem Herzen über das Mißgeschick lachte, das uns alle ereilt hatte; je schwieriger es wurde, das Dorf zu erreichen, um so mehr freute sich das spitzbübische Ding, und ihre Bosheit vertrug sich gut mit der unseres Schicksals; der alte Finanzier versuchte aus Gefälligkeit ebenfalls zu lachen, doch hörten wir ihn zwanzig Schritt weit entfernt noch schnaufen und jedesmal tief aufseufzen, wenn er einen Fuß aus dem Schlamm zog. Nach langem Marsch endlich erreichten wir das Dörfchen; eine Schenke, deren Zeichen ein Stofflappen war, diente uns als Zuflucht: die Wirtin, eine Witwe, wußte nicht, was sie denken sollte, als sie uns sah; hätte sie die alten Fabeln gekannt, sie hätte uns vielleicht für reisende Götter gehalten. Unser Kutscher klärte sie auf, bevor ihr Staunen sie in eine Statue verwandelt hätte. »Könnten

Sie uns vielleicht mit einem guten Abendessen über unser Unglück trösten?« fragte der Schöngeist sie lärmend. »Ach, meine Herrschaften«, antwortete die gute Frau, »ich habe Speck und Dickmilch, und gekochte Kartoffeln im Herd, außerdem ein halbes Dutzend Eier.« »Wie!« rief er, »keine Hähnchen, keine Puten?« »Nein, Monsieur, auf der Wiese nebenan sind ein halbes Dutzend Küken, zusammen mit der Henne und dem Hahn, das ist alles«, sagte sie, »aber ich kann Ihnen ausgezeichneten Wein aus der Brie geben.« »Dieser Saft hat noch gefehlt«, rief unser Schöngeist aus, »um unser Elend vollkommen zu machen.«

Nach diesen Worten führte uns die gute Frau, unterstützt von acht bis zehn Kindern und der Kuhhirtin, in ein Zimmer mit zwei Betten, das mit verblaßten Bildern geschmückt war und dessen Mobiliar aus Bänken und Schemeln bestand; der große Kamin hatte keine Kacheln mehr. Man beeilte sich, uns Feuer zu machen, und entfachte es mit den Winden von Kindern, Mutter und Kuhhirtin, die alle auf dem Boden knieten und mit aufgeblasenen Backen versuchten, den fehlenden Blasebalg zu ersetzen. Um Ihnen die Wahrheit zu sagen, lieber Freund, sie bekamen das Feuer tatsächlich zum Brennen, doch mit den Winden wurde so freigebig umgegangen, daß die ganze Gesellschaft welche abbekam, worauf wir gern verzichtet hätten. Danach begannen wir, auf den Bänken oder Schemeln hockend, gegen das Schicksal zu klagen, doch wurden wir durch ein Gericht von hellem Speck in einer angeschlagenen irdenen Schüssel unterbrochen. Die Schüssel war begleitet von fünf Holztellern, von denen wir jeder einen bekamen. Alles zusammen wurde von zwei zerzausten, rotznasigen Kindern hereingebracht. »Eßt nur, eßt, Messieurs«, sagten sie zu uns, »unsere Mutter brät euch Eier mit kleinen Zwiebeln, der Jacob bringt euch noch Dickmilch und gekochte Kartoffeln und einen vollen Krug mit Wein.« Kaum hatten sie diesen zweiten Gang angekündigt, erschien tatsächlich Jacob mit der Milch, den Kartoffeln und dem Weinkrug; er brach fast zusammen unter seiner Last; eine Kartoffel fiel aus der Schüssel; die Kinder hoben sie rasch auf und legten sie mit Asche und Staub beschmiert zu den andern an ihren Platz zurück.

Die Dame, neben der ich saß, kam um vor Durst und bat um ein Glas; sofort verschwand einer unserer kleinen Diener und kam mit drei irdenen Bechern zurück, in denen sich Weinstein abgesetzt hatte. »Oh«, rief da die Dame, »nie im Leben werde ich daraus trinken, der

Magen dreht sich mir um.« »Ich biete Ihnen gern meinen Hut an, Madame«, sagte ich zu ihr, »wenn Sie den weniger widerwärtig finden.« »Ach, Monsieur, ich gestehe Ihnen, er wäre mir lieber«, antwortete sie. Gesagt, getan: ich spülte erst meinen Hut aus, und nachdem ich ihm die entsprechende Form gegeben hatte, um als Trinkgefäß zu dienen, hielt ich ihn der Dame gefüllt mit Wasser hin. Diese originelle Art zu trinken brachte die Gesellschaft zum Lachen; die Dame lachte selbst darüber, nachdem sie getrunken hatte, und endlich folgte die gute Laune auf die traurige Stimmung, in die uns die ärmliche Unterkunft versetzt hatte.

Ich vergaß Ihnen zu sagen, daß die gebratenen Eier mit den Zwiebeln gekommen waren; doch war dieses leckere Gericht den Damen vorbehalten, die es auch aufaßen. Unsere Mahlzeit war rasch beendet; die Kinder räumten ab und aßen auf dem Weg die Reste der Gerichte, die unser Appetit übrig gelassen hatte. Wir rückten nahe ans Feuer; der Kutscher kam herein und berichtete, daß zwei seiner Pferde verletzt seien, daß ein Rad der unseligen Kutsche gebrochen sei und wir uns darauf gefaßt machen müßten, erst um vier Uhr in der Frühe aufzubrechen, da der Postillon, den er in die nächstliegende Stadt geschickt hatte, um diesen

Mißgeschicken abzuhelfen, erst um diese Zeit wieder zurückkäme; es war gegen elf Uhr, wir mußten also noch fünf lange Stunden warten. Der Anblick der Betten war ein gutes Mittel gegen die Müdigkeit, nicht einer von uns überließ sich ihr. Unser Abenteuer war so lustig, daß es uns aufgemuntert hatte; unser alter Finanzier saß neben der jungen Demoiselle, die das nicht hatte verhindern können, ich saß zwischen ihr und ihrer Mutter, und der Schöngeist nahm die Ecke ein. Der verliebte Alte überbot sich an zuckrigen Komplimenten für das junge Mädchen; wollte man ihm glauben, so wäre sein Glück, die junge Demoiselle neben sich zu haben, noch immer zu groß, selbst wenn er bis zum Hals in einem Misthaufen steckte. Seine verliebte, burleske Sprache führte uns unmerklich zu dem Gespräch zurück, das wir in der Kutsche geführt hatten, und die geringe Aussicht auf Schlaf ließ mich etwas ausdenken, was uns bis zu unserer Abfahrt unterhalten könnte. Ich schlug der Gesellschaft vor, zu unserm Vergnügen einen Roman zu erfinden, den jeder von uns der Reihe nach weiterführen sollte. »Ich beginne ihn, wenn Sie es wünschen«, sagte ich; »Madame wird ihn fortsetzen, dann kommt ihr Fräulein Tochter, und die beiden Herren beenden ihn.« Meine Phantasie weckte die des

Schöngeistes, der meinem Vorschlag Beifall spendete, entzückt über die Gelegenheit zu brillieren; die Dame war umso mehr mit ihm einverstanden, als er ganz ihrem Geschmack entsprach; die junge Demoiselle sagte lachend, sie würde ihren Teil schon meistern und rechne darauf, uns tüchtig zum Lachen zu bringen. Der verliebte Alte wandte sich ihr zu und sagte, da die Liebe das Thema eines Romans sei, müsse er ja gelingen, weil sie in unserer Mitte sitze. »Im übrigen«, sagte ich, »da es hier nur darum geht, uns zu amüsieren, wollen wir die Geschichte ergötzlich machen, und deshalb nehme ich ein Thema, das lustige Einfälle liefern kann; trotzdem soll es niemanden einengen, und jeder kann seinerseits den Roman nach seinem Geschmack fortsetzen, dieser darf Komisches enthalten, Lyrisches, Phantastisches und sogar, falls jemand will, Tragisches.« »Das haben Sie sehr gut gesagt«, antwortete die Dame, »denn jeder hat seine eigene Art.« »Zum Teufel«, rief der Finanzier, »wie dumm, daß unsere Freude an einem vergnüglichen Einfall nicht wenigstens mit der an einer angenehmen Erfrischung verbunden ist; Monsieur«, fuhr er zu mir gewandt fort, »Sie haben sich den Roman zu unserem Vergnügen ausgedacht, und ich denke mir etwas zum Trinken und Essen aus, denn offen gesagt ist es noch lange bis vier; wir brauchen Geist und Aufmerksamkeit, und vielleicht wird uns das eine wie das andere fehlen, weil wir nichts verdauen können! Darüber denke ich nach.« »Oh, Herr Finanzier«, sagte da der Schöngeist, »Ihresgleichen ist das Fasten also unbekannt.« »Er hat ganz recht«, antwortete ich, »und im allgemeinen rühren sich die Menschen nur, um es nicht kennenzulernen.« »Ich gestehe«, bemerkte der Finanzier, »daß wir es nicht sehr lieben, doch dafür kennen wir das Gegenteil umso besser; aber darum geht es hier nicht; kommen wir wieder zu dem, was ich mir ausgedacht habe.

Hören Sie zu, meine Herrschaften: ich nehme an, daß es hier zur Ehre des Dorfes eine Kirche gibt, und infolgedessen einen Pfarrer; vielleicht hat dieser Pfarrer in seinem Haus etwas Gutes zu essen, und sein Wein ist besser als unserer; ich bin also der Meinung, wir sollten ihn aufsuchen, das heißt einer der Herren und ich, und ihm unsere mißliche Lage erklären; und so . . .« »Das ist sehr gut«, unterbrach ihn der Schöngeist, »wir werden ihn beide gemeinsam bitten. Ich werde ihm von den Damen erzählen, von dem Schmutz und Schlamm, durch den sie waten mußten, von dem erbarmungswürdigen Zustand ihrer Schuhe und Strümpfe; danach werde ich ihm unser Mahl beschreiben, das Tischtuch auf einem von vier Holzblöcken gestützten Brett ausbreiten, ich werde die tristen Speisen darauf stellen, mit denen man unsere Erschöpfung zu laben versucht hat und werde ihm unsere Bestürzung in so rührender Weise darstellen, daß dem guten Pfarrer und seiner Haushälterin die Tränen kommen werden: und verlassen Sie sich auf mich, ich verspreche, sein Mitgefühl für uns zu nutzen.«

Mit diesen Worten ergriff der Schöngeist, ohne auf eine Antwort zu warten, den Finanzier am Arm, und beide stiegen die Treppe hinunter, wobei ein Sohn der Wirtin ihnen mit etwas brennendem Stroh leuchtete. Der Einfall des Schöngeistes erschien uns nutzlos; es war elf Uhr abends und die Aussicht war gering, daß der Pfarrer eines kleinen Dorfes um diese Zeit nicht schnarchend in seinem Bette lag; es sei denn, seine Lektüre hätte ihn ausnahmsweise wachgehalten. Doch das Glück, das uns so mißhandelt hatte, war uns bei dieser Gelegenheit hold: der Finanzier und der Schöngeist trafen den Herrn Pfarrer mit zwei Bürgern seines Dorfes noch bei Tisch, die Zahl der bereits geleerten Flaschen hatte sie in einen sehr fröhlichen Geisteszustand versetzt. Sie vergnügten sich als ehrbare Leute, beleuchtet von einer Kerze in einem zwei Fuß hohen Leuchter, deren Docht sie von Zeit zu Zeit mit ihren Fingern schneuzten; sie waren beim Nachtisch, einem dicken Stück Käse, dessen etwas kräftiger Geruch schon von weitem anzeigte, mit welcher Art Gerichten man sich in dem Zimmer delektierte. Unsere beiden Abgesandten überraschten die Haushälterin des Herrn Pfarrers, die in der Küche gerade ihr Brot mit einer dicken Speckschwarte einrieb. Es war eine Jungfer von ungefähr sechzig, die sich seit zehn Jahren bei dem Herrn Pfarrer verdingt hatte, um in der Ordnung seines Haushalts einen sicheren Schutz gegen die Versuchungen der Ehe zu finden. Rechts von ihr stand ein Schemel, der ihr als Tisch diente und auf den sie ihren Speck und ihr Brot legte, nachdem sie ein kräftiges Stück davon abgebissen hatte; links stand eine Bank von ungefähr drei Fuß Länge, auf der die Utensilien für ihre bescheidene Toilette lagen; sie bestanden aus zwei großen Kämmen, deren ursprünglich gelbe Farbe Alter und Haare ganz in Schwarz verwandelt hatten.

So sah es aus, als unsere Abgeordneten erschienen. Die Haushälterin aß und kämmte sich gleichzeitig für die Nacht. Ihre Haare waren aufgelöst. Bei dem Lärm, den die beiden mit ihrem Klopfen an die Tür machten, band sie sie rasch mit einer Art Strick zusammen; ein paar eiserne Haarnadeln, die sie zwischen den Zähnen und in den Fingern hielt, ließ sie vor Angst fallen, dermaßen hatten unsere zudringlichen Klopfer zu so ungehöriger Stunde ihre Züchtigkeit erschreckt. »Wer ist da?« rief sie beklommen. »Ehrliche Leute«, antwortete ihr der Schöngeist, »die gern den Herrn Pfarrer sprechen möchten.« »Wenn es ehrliche Leute sind«, erwiderte sie, »dann ist es Gottes Wille. Was wollt Ihr von ihm?«

»Das können wir besser erklären, wenn Ihr uns aufgemacht habt«, sagte der Schöngeist.

»Hier kommt man nicht herein wie in eine Scheune«, antwortete sie. »Wartet an der Tür, ich will den Herrn Pfarrer holen.«

Nach diesen Worten ging sie hinauf und trat ins Eßzimmer. Ohne darauf zu warten, daß sie den Mund aufmachte, wischte einer der Zecher rasch mit einem Serviettenzipfel sein Glas aus, hielt es ihr mit Wein gefüllt hin und sagte: »Hier, zum Teufel, führt euch das zu Gemüte, Madame Nanon, das ist besser als Medizin.« Madame Nanon hatte gerade den Mund öffnen wollen, um dem Herrn Pfarrer mitzuteilen, was sich unten ereignet hatte, als das ihr so galant offerierte Glas Wein ihn verschloß. »Möge es mir gut bekommen und euch auch«, sagte sie und gab es Monsieur Mathurin zurück; so hieß jener, der ihr den Wein gegeben hatte. Danach begann Madame Nanon mit ihrer Rede; sie war bei den ersten Worten, als ein Stück Brot und Käse sie wiederum die Hand ausstrecken und verstummen ließen. »Das Öl allein tut's nicht«, sagte ein gewisser Meister Blaise, der ihr das Geschenk gemacht hatte, »man braucht auch den Docht, Madame Nanon.« Inzwischen erwarteten unser Schöngeist und der Finanzier voller Ungeduld den Herrn Pfarrer; doch niemand kam: sie schlugen also mit den Fäusten so heftig gegen die Tür, daß der Lärm bis ins Eßzimmer zu hören war.

»Was bedeutet das, Nanon?« fragte der Herr Pfarrer.

»Ach du meine Güte«, antwortete die Gefräßige, »ich habe meinen Auftrag ganz vergessen; das sind Leute, die Menschenstimmen haben und die mit Ihnen reden wollen, Herr Pfarrer.«

»Was willst du damit sagen, sie haben Menschenstimmen?« fragte der Seelenhirt, der nichts von dieser Rede verstand.

»Ei ja«, versetzte Nanon, »ich kann nur sagen, was ich weiß: ich weiß nicht wirklich, ob es Menschen sind, aber sie reden so.«

»Verdammt, vielleicht sind es Geister«, sagte Meister Blaise. »Wir werden hinuntergehen und sie anhören, aber nicht mit ihnen sprechen.«

»Das ist ein guter Gedanke«, erwiderte der Pfarrer.

»Tun wir vorsichtig gehn«, sagte Mathurin, »wo ist der Weihwasserkessel, damit daß ich mich bekreuzigen kann.«

»Aber, aber«, entgegnete der Seelenhirt mit einer Stimme, die der gute Rotwein belebt und mutig gemacht hatte, »ich glaube nicht an Geister, und ich habe oben auf meinem Dachboden Bücher, die schöne Sachen darüber sagen, an die ich mich nicht mehr erinnere. Ihr braucht aber keine Angst zu haben, wenn ich dabei bin. Selbst wenn zwanzig Regimenter davon vor meiner Tür stünden, ich würde ihnen die Stirn bieten; sie werden sich nicht an uns vergreifen.«

Nach diesen Worten hörte man es wieder klopfen.

»Gottverdammt«, sagte Mathurin, »da tut was dahinterstecken, was nicht natürlich ist, die Bücher auf euerm Dachboden wissen auch nicht alles, Herr Pfarrer, und wir tun eine Überraschung erleben, hol's der Teufel.«

»Psst, Meister Mathurin«, sagte der Herr Pfarrer, »schwatzt nicht so viel, folgt lieber Nanon, die uns mit der Kerze leuchten wird;

Meister Blaise geht hinter euch und ich mache den Schluß.«

»Oh«, sagte Blaise, »wir sind hier verdammt nicht bei der Prozession, das ist eine andere Sache; zeigt uns den Weg, weil daß ihr so beherzt seid.«

»Seht mal an«, sagte die Nanon darauf, »Ihr seid beide sehr komisch; wenn euch die Geister mitnehmen, ist das kein großer Schaden, dem Dorf geht es darum nicht schlechter; aber die Person vom Herrn Pfarrer hat Wichtigkeit.«

»Oh, von mir aus kann sie Wichtigkeit haben, so viel sie will«, sagte Blaise kurz angebunden, »hier gilt keine Wichtigkeit, verdammt und zugenäht, die Haut von Herrn Pfarrer ist aus keinem andern Stoff wie meine, rette sich wer kann!«

»Na, na«, sagte begütigend Meister Mathurin, »tut euch nicht streiten, ich mach' euch einen Vorschlag: wir tun alle zusammen runtergehn; und wenn wir unten sind, tut die Nanon ganz alleine mit denen, wo so klopfen, durch die Tür reden, so ist es vernünftig. Ihr seid alt, Madame Nanon, euerm Leben trauert man nicht so nach wie unserm, weil wir jünger sind; jetzt muß man seinen Nächsten lieben und etwas für ihn tun, wo man für nichts mehr nütze ist.«

»Beim heiligen Johannes und seinem

Haupte«, antwortete die Nanon wutentbrannt, »ich bin noch nütze genug, um euch den Leuchter hier über den Schädel zu schlagen; seht euch doch den frechen Kerl an, ich soll für nichts mehr nütze sein; Ihr braucht nur wieder damit anzufangen wie heute morgen und mich mit Liebesgeschichten in Zorn zu bringen; wenn ich nicht gleich einen Besenstiel nehme und euch das Maul stopfe, dann will ich nur noch nütze sein, um an der Decke zu hängen wie'ne Speckseite.«

»Der Vergleich ist gut«, sagte Mathurin, »Ihr seid zwar nicht so fett wie 'ne Speckseite, aber genau so ranzig.«

»Herr Pfarrer«, schrie die Nanon, die sich etwas auf ihre Schönheit zugute tat, »wenn Ihr den Hahnrei da nicht rausschmeißt, mach' ich den Geistern die Tür auf, soll dann kommen was will.«

»Schon gut, schon gut«, antwortete der Pfarrer gemessen, der die größte Lust verspürte, für seine Haushälterin Partei zu ergreifen, doch den das Geld, das er sich von Mathurin borgen wollte, an dieser Absicht hinderte. »Schon gut. Bald ist Ostern, macht jetzt keinen Skandal, ich will als erster hinuntergehen und Ihr folgt mir, wenn Ihr wollt.«

Kaum hatte er diese Worte gesprochen, als

der Lärm an der Tür von neuem begann, jedoch noch viel lauter als vorher. Man beeilte sich also, in die Küche hinunter zu kommen, der Pfarrer näherte sich der Tür, und die andern hielten sich etwas im Hintergrund.

»Zu wem wollt Ihr?« fragte der Pfarrer durchs Schlüsselloch.

»He, verdammt«, erwiderte der Schöngeist, den das lange Ausbleiben der Nanon hatte ungeduldig werden lassen, »zu wem wir wollen! Man sollte doch die Leute entweder wegschikken oder ihnen die Tür aufmachen, aber sie nicht so lange warten lassen; wir wollen den Herrn Pfarrer sprechen.«

»Was wollt Ihr von ihm?« fragte der Pfarrer immer noch durchs Schlüsselloch.

»Wir wollen ein Wort mit ihm reden«, antwortete der Finanzier, »öffnen Sie.«

»Redet nur, redet«, sagte der Pfarrer, »für ein Wort braucht man die Tür nicht aufzumachen.«

»Zum Teufel, ist das ein eigensinniger Pförtner«, schrie der Schöngeist, »sag uns, wo ist der Pfarrer?«

»Was wollt Ihr mit ihm machen?« fragte wiederum der Seelenhirte, »wer seid Ihr? seid Ihr von hier? seid Ihr auf Reisen? bittet Ihr um Almosen? Wir werfen euch Brot aus dem Fenster.«

»So viele Fragen kann man nicht gleichzeitig beantworten«, sagte der Finanzier; »aber kennen Sie, Herr Pförtner, alle kleinen Kinder in Ihrem Dorf?«

»Was für eine Frage; ich kenne sie alle bei ihrem Taufnamen«, antwortete der Pfarrer.

»Der Herr Pfarrer kennt alle seine Pfarrkinder«, schrie da die Nanon aus dem Hintergrund; »die Großväter, die Onkel, die Vettern, die Neffen, die Frauen, die schwanger sind, und sogar die, die es nicht sind, und die Kinder; nur von denen, die noch nicht auf die Welt gekommen sind, von denen kennt er den Namen nicht.«

»Das läßt sich begreifen«, antwortete der Finanzier, der den Anlaß zu der originellen Antwort gegeben hatte. »Sie werden bald erfahren, wer wir sind. Geh', Anführer«, sagte er zu dem kleinen Sohn unserer Wirtin, der ihnen geleuchtet hatte, »erkläre ihnen ebenfalls durchs Schlüsselloch, wer wir sind, bei dir ist die Aussicht größer als bei uns, daß die Tür sich öffnet.«

Der kleine Junge ging zur Tür, er hatte die Stimme des Pfarrers sehr wohl erkannt.

»Sagt doch etwas, Herr Pfarrer«, sagte er.

»Wie, du bist es, Jacob«, rief der Seelenhirt.

»Oh ja, ich bin's, Herr Pfarrer«, sagte Jacob.

»Die Herren sind gute Leute, sie haben bei uns zu Abend gegessen, ihre Kutsche ist in den Schlamm gerutscht und ihre Pferde sind auch lahm. Bei uns zu Hause sind noch zwei Frauen, die sich am Feuer wärmen. Sie sind sehr hübsch und fein angezogen, und die Herren sind mit Gold bestickt wie ein Meßgewand. Sie haben ein Omelett gegessen, Speck und Pellkartoffeln, und haben einen Krug von unserm Wein getrunken, und Ihr braucht nur mit ihnen reden, sie sagen euch schon selbst, was sie wollen, weil sie bald nichts mehr sehen; ich habe ihnen mit Stroh geleuchtet, das hab' ich unterm Bett von unsrer Mutter geholt, und gleich ist es alle, ich schmeiß' es auf den Boden, wenn es mir die Finger verbrennt. He, während ich rede, hab' ich's schon nicht mehr; macht auf, Herr Pfarrer.« »Weißt du auch genau, was du da sagst?« fragte der Pfarrer. »Das weiß ich so genau, Herr Pfarrer«, erwiderte Jacob, »wie ich weiß, daß ich heute morgen den Fuchs gesehen habe, der ein Huhn aus eurem Obstgarten geholt hat; ich habe Steine nach ihm geschmissen, aber er war schon auf und davon.«

»Die Pest soll das Huhn und den Fuchs holen. Der Wolf wird uns noch alle verschlingen, wenn der Herr Pfarrer uns hier stehen läßt«, erklärte der Schöngeist.

»Ich mache gleich auf«, erwiderte der Pfarrer. Und zur Nanon gewandt: »Da siehst du, was passiert, wenn du nicht aufpaßt, ich werde dir das Huhn von deinem Lohn abziehen.«

»Aber Herr Pfarrer«, rief die Nanon, »das ist doch ein kleines Lügenmaul, die Zahl eurer Hühner stimmt; wenn eines fehlt, werd' ich ein Hahn. Aber neulich hab' ich dem kleinen Lümmel ein paar Kopfnüsse gegeben, weil er Steine auf unser Dach geschmissen hat.«

»Das ist erlogen, mit Verlaub, Herr Pfarrer«, sagte Jacob, »das war euer Großneffe, der hat eine Scheibe bei euch eingeschmissen, und mich habt Ihr dafür geschlagen.«

»Barmherzigkeit, Herr Pfarrer«, rief der Schöngeist, »würden Sie uns bitte öffnen, dann haben Madame Nanon und Jacob alle Muße, ihren Streit auszufechten.«

»Auf, auf, gib endlich den Schlüssel«, sagte daraufhin der Pfarrer zur Nanon.

»Da ist er«, antwortete sie, »geht beiseite, damit ich aufmachen kann und dem kleinen Bastard ein paar Ohrfeigen verabreiche.«

Mit diesen Worten, die der kleine Bastard wohl vernahm, öffnete sie, aber er ergriff die Flucht. Der Schöngeist und der Finanzier umarmten den Herrn Pfarrer, der ihnen die Hände entgegenstreckte und sie um Verzeihung bat für die lange Zeit, die es gedauert hatte, bis ihnen geöffnet wurde.

»Wir sind sehr gut behandelt worden für Leute, die mit Geld in der Hand um Gefälligkeiten bitten«, sagte der Schöngeist. Und er berichtete die Einzelheiten unseres Abenteuers, beschrieb unser mageres Abendessen und verstand es so gut, den Herrn Pfarrer und seine Haushälterin zu gewinnen, daß sein Bericht, den er mit einem Taler in der Hand unterstützte, welchen er, wie man leicht sah, für das zahlen würde, was man ihm gab, daß also sein Bericht die allerbeste Wirkung erzielte.

Der Herr Pfarrer verdoppelte seine Artigkeiten, und man war noch in der Küche damit beschäftigt, sich gegenseitig zu bekomplimentieren, als ein Neffe des Seelenhirten (denn sie sind alle entweder Neffen oder Nichten) erschien; dieser Neffe hatte bei einem Amtsbruder seines Onkels zu Abend gegessen, dessen Pfarrei eine halbe Meile entfernt lag. Es war ein junger Mann von ungefähr zweiundzwanzig Jahren, er hatte brav gelernt, und trotz seiner ländlichen Erziehung entdeckte man hinter der groben Art, die sie ihm vielleicht verliehen hatte, vorzügliche geistige Anlagen in ihm, die die Gewohnheit, mit Bauern zu leben, nicht hatte verderben können; unter anderem hatte er

Romane gelesen und viele andere Bücher. Er war überrascht, zu dieser Stunde Fremde bei seinem Onkel zu finden. Der gute Pfarrer unterrichtete ihn durch ein paar gestammelte Wörter, der Schöngeist und der Finanzier vollendeten die unbestimmte Erklärung. Der junge Mann, der genügend getrunken hatte, um sehr fröhlich zu sein, überredete seinen Onkel ebenfalls, den Herren das Beste zu geben, was sich bei ihm finden ließe; er überhäufte unsere Abgesandten mit originellen und doch geistreichen Komplimenten und bot sich sogar selbst an, ihnen beim Essen dessen zu helfen, was sie mitnehmen würden.

Schon stürzte er los und füllte zwei Flaschen mit exquisitem Wein, ich sage exquisit, denn das war er, und wenn die Qualität der Gerichte dem Wein entsprochen hätte, wäre unser Mahl vorzüglich gewesen, doch ein Klumpen frischer Butter, etwas Stockfisch, der so gut war, wie Stockfisch eben sein kann, und fünf Bücklinge war alles, was die entkräfteten Abgesandten bekamen. Der kleine Vorrat wurde also in die Schenke gebracht, in der wir saßen; der Finanzier gab der Nanon den Gegenwert in barer Münze, trotz der edlen Versicherungen des Herrn Pfarrers, er wolle nichts annehmen, die er geräuschvoll von sich gab, während er das

Glück oder die Geschicklichkeit hatte, sich bei den verbindlichen Verrenkungen, die er machte, um seine Haushälterin an der Annahme des Geldes zu hindern, so häufig zu drehen, daß der Finanzier der Nanon gab, was er für richtig hielt, ohne daß der freigebige Pfarrer Zeuge davon wurde.

Nachdem das Geld gegeben war, hatte sich der höfliche Protest beruhigt.

»Wir wollen uns nicht länger streiten, Herr Pfarrer«, sagte der Schöngeist, »lassen wir das, nur machen Sie uns die Ehre, Ihren Teil an dem, was wir zu unserer Wirtin tragen, mitzuessen. Sie treffen bei ihr zwei sehr liebenswürdige Frauen und werden gewiß sehr froh darüber sein, daß Sie sie für ihr schlechtes Mahl entschädigt haben. Kommen Sie mit.«

»Nein, Messieurs«, entgegnete der bescheidene Seelenhirte. »Ich freue mich sehr, daß ich Ihnen in etwas gefällig sein konnte. Sie essen noch schlecht genug, jedoch gebe ich Ihnen das Beste, was ich in meinem Hause habe; für mich ist es zu spät, ich muß meinen Pfarrkindern ein gutes Beispiel sein, und es wäre nicht schicklich, zu so später Stunde noch auszugehen, um zu trinken und schöne Damen zu sehen. Wir müssen stets ein Vorbild von Anstand und Sitte sein, wie unsere Religion es befiehlt. Aber ich überlasse Ihnen meinen Neffen, dem ich auftrage, den Damen mein Bedauern auszudrükken, daß ich sie nicht begrüßen kann.«

»Wir wollen Sie nicht weiter drängen«, entgegnete der Schöngeist, »da Ihr Herr Neffe uns begleitet, und wir verlassen Sie, damit Sie zu Bett gehen können; adieu, Monsieur.«

Nach diesen Worten nahmen der Finanzier und der Schöngeist sehr höflich vom Herrn Pfarrer Abschied, der sich, nachdem die andern kaum ein paar Schritte gegangen waren, daran erinnerte, daß er gesehen hatte, wie der Finanzier Madame Nanon etwas in die Hand gedrückt hatte.

»Offensichtlich haben sie dir Geld gegeben«, sagte er zu der Haushälterin, die vielleicht darauf gehofft hatte, das behalten zu können, was die Freigebigkeit unserer Abgesandten ihr über den Wert der gekauften Ware hinaus überlassen hatte. »Her damit«, fügte er hinzu, »auf, auf!«

Madame Nanon, überrascht von der plötzlichen Aufforderung, händigte ihm widerwillig den Gegenwert der Ware aus.

»Ihr habt es ebenso eilig wie eine Frau in den Wehen«, versicherte sie ihm und schlug nach diesen Worten laut die Türe zu, wütend, daß ihr der kleine Gewinn entgangen war.

Inzwischen erreichten unsere Leute die

Schenke; der Neffe des Pfarrers hatte ihnen den Weg mit vergnügten Liedern verkürzt; sein Gesang, den wir von oben hörten, und die Stimmen der beiden Herren, die er gebeten hatte, ihn zu begleiten, verkündeten uns gute Neuigkeiten.

»Jubel und Frohlocken«, sagte der Schöngeist, als er ins Zimmer trat und uns den Neffen des Pfarrers vorstellte. »Mesdames, ich bringe Ihnen Nektar und die Fische des Meeres zu Schmaus und Trank. Hurtig, hurtig, die Wirtin herbei, eine Pfanne für unseren Fisch, einen Teller für die Bücklinge und dann das Olivenöl, das ich hier habe. Welch glücklicher Einfall, unbezahlbare Idee, an den würdigen Pfarrer dieses Dorfes zu denken. Ein reizender Mann, er gibt sein Gut für nichts her, Madame Nanon, seine Haushälterin, mußte statt seiner das Geld nehmen. Übrigens hier, Mesdames, bringe ich Ihnen seinen Neffen mit; wir müssen ihn alle als Goldstück betrachten, ihn, seinen Onkel, seine Neffen, seine Söhne, wenn er welche haben wird, die Söhne seiner Söhne und seinen ganzen Stamm, denn einem Sproß dieses Stammes haben wir heute Nacht die Freude zu verdanken, die uns erfüllt, das Vergnügen, das uns erwartet, und die Beendigung unseres Appetits, die ich Ihnen jedesmal wünsche, wenn Sie Hunger verspüren, Mesdames.«

»Alle Wetter«, sagte ich daraufhin zum Schöngeist, »Ihr Einfall, zu dem Pfarrer zu gehen, war nicht der einzige Beweis Ihres witzigen Geistes, Sie sind brillant.«

Kaum hatte ich meinen Satz beendet, als sich der Neffe des Pfarrers mit einer schiefsitzenden Perücke und Verbeugungen, die wegen ihres Ausmaßes alle Stühle und Schemel auf seinem Weg umwarfen, den Damen näherte.

»Das ist ein sehr glücklicher Umstand für mich«, sagte er zu ihnen, »daß ich das Glück habe, meine charmanten Damen, Ihnen zeigen zu können, wie erfreut ich darüber bin, daß mein Onkel Ihnen etwas zum Nachtmahl schickt; könnte man Ihnen ebenso gute Speisen bereiten lassen, wie Ihre Schönheit und Ihre Anmut verdienten, so würden Sie statt Bücklingen und Stockfisch, die ich die Ehre habe Ihnen darbringen zu dürfen, Hasen sehen, Rebhühner, Wildenten und Schnepfen, wenn es die Jahreszeit erlaubte; doch mangels all dieses Wildes und Geflügels, dessen Wohlgeschmack Ihren charmanten Reiz noch nicht erreichte, bitte ich Sie, schöne und liebreizende Damen, das anzunehmen, was ich Ihnen darbiete, aber nicht als eine Ihrer würdige Sache, sondern als eine . . .«

»Wenn sie unserer auch nicht würdig ist«,

unterbrach ihn die junge Demoiselle, »so ist sie doch würdig unseres Appetits.«

»Zweifellos«, sagte die Mutter, »wir sind Ihnen, Monsieur, und dem Herrn Pfarrer zum allergrößten Dank verpflichtet, denn es ist eine ganz besondere Gefälligkeit, wenn man alles, was man hat, hergibt.«

»Oh, schönste Dame«, erwiderte der sehr auf Formen bedachte Neffe, »die Gefälligkeit, von der Sie sprechen, ist gar nicht der Rede wert . . .«

»Mein lieber Monsieur«, sagte der Schöngeist, indem er ihm das Wort abschnitt, »Sie haben gegessen, Sie wollen nur noch schwatzen; aber wir möchten Sie bitten, sich ohne Förmlichkeiten mit uns zu Tisch zu setzen, damit wir essen können, denn der Stockfisch ist gebraten und die Bücklinge zubereitet.«

»Da Sie es so wünschen, Monsieur, und die Damen ebenfalls, habe ich die Ehre, mit Ihnen zu trinken, ich werde mich also setzen«, sagte der Neffe. »Ich wünschte, das, was ich heute gegessen habe, stünde auf dem Tisch. Dann hätten Sie etwas Gutes, und die Ehre . . .«

»Kein Wort mehr von Ehre«, unterbrach die junge Demoiselle, »wir sind Ihnen für die Gerichte, die Sie uns wünschen, sehr dankbar, aber sie sind da, wo sie sind, gut aufgehoben. Halten wir uns an die hier auf dem Tisch.«

Unser junger Landbewohner wollte etwas antworten, doch der Schöngeist, der sich gerade auf ein Bankende setzte, verschloß ihm den Mund; alle machten sich ans Essen.

Ich wiederhole Ihnen nicht die lustigen Reden, mit denen der Neffe uns während der Mahlzeit unterhielt. Wir entdeckten, daß er sehr auf Sauberkeit bedacht war, was ihm die Hälfte der Stücke entzog, die er sonst hätte essen können; das geziert Maßvolle in den Bewegungen seiner Hände und sogar seines Mundes reizte mich mehr als einmal zum Lachen; ich legte ihm ein Stück Stockfisch auf den Teller, das er sehr behutsam nahm und wieder in die Schüssel zurücklegte, während er bemerkte, sein Teller habe kein Gift und er sei betrunken. Kurz darauf bat er um etwas zu trinken, und nachdem er die ganze Gesellschaft einen nach dem andern mit einem Neigen des Kopfes und einem Schwenken des Hutes gegrüßt hatte, leerte er sein Glas, immer noch mit dem Hut in der Hand, schwenkte es, ließ es wieder mit Wein füllen und bot es mir an als Gegengabe, wie er sagte, für das Stück, das ich ihm auf den Teller gelegt hatte.

»Ich bin zwar nur vom Land«, fügte er hinzu, »doch ich kenne die Lebensart der großen Welt, ich besuche jedes Jahr den Jahrmarkt in unserer Stadt.«

Trotz dieser originellen Höflichkeitsbezeugungen merkte man in den weiteren Reden des jungen Mannes doch immer wieder, daß er Geist besaß.

Nachdem die Mahlzeit beendet war, hatte der vorzügliche Wein des Pfarrers jede Erinnerung an unsere Mißgeschicke vertrieben; das Holz fehlte nicht im Kamin, die Luft hatte gerade die richtige Kälte, daß man die ganze Wohligkeit des Feuers spürte und es nicht als unangenehm empfand; wir waren in sehr vergnügter Laune. Der Schöngeist hatte meinen Vorschlag, einen Stegreifroman zu erfinden, durchaus nicht vergessen; wir kamen überein, sofort zu beginnen. Unser Landkind lobte meinen Einfall sehr und hielt darüber eine lange, verworrene Rede, mit der er so gut er konnte beweisen wollte, daß er über Urteilsvermögen verfüge, und wir in ihm einen guten Richter hätten. Ich glaubte, aus dem Wirrwarr schließen zu können, daß er gern mit von der Partie wäre, und da er dank der Originalität, mit der er sein Thema behandeln würde, die Sache nur noch lustiger machen konnte, schlug ich ihm vor, daran teilzunehmen; er wies meine Aufforderung zunächst mit großer Bescheidenheit ab, doch ich wiederholte sie, und schließlich stimmte er mit einem Selbstvertrauen zu, das gewöhnlich die Ahnungslosen kennzeichnet. Ich begriff, daß sich unsere kleine Gesellschaft von dem, was das Landkind unserer Geschichte hinzufügen würde, ein ganz neues Vergnügen versprach. Wir hatten unser Thema, die Liebe, nicht aus den Augen verloren, und nachdem jeder von uns mit einem dicken Stock, der uns als Feuerzange diente, in den glimmenden Holzscheiten gestochert hatte, begann ich mit der Einwilligung aller, weil es mein Einfall gewesen war.

Vielleicht, lieber Freund, haben Sie die Einführung zu unserer Geschichte zu lang gefunden, aber diese Einführung ist selbst eine kleine Geschichte, und da ich keine andere Absicht habe, als Sie zu unterhalten, ist es unwichtig für mich, ob es durch die Einführung geschieht oder die Geschichte selbst. Doch kehren wir zur Sache zurück, denn der Schöngeist brennt vor Neugier, den Anfang meiner Erzählung zu hören, und vor Verlangen sie weiterzuführen; das Landkind hat seine Augen weit aufgerissen, voll stiller Ehrfurcht vor dem geistreichen Spiel, an dem es beteiligt ist; die Dame kündet mir durch ihre schmachtenden Augen ihr ungeduldiges Verlangen an, ein rührendes Ereignis mitzuempfinden, die junge Demoiselle zeigt einen lebhaften, unverhohlenen Eifer, den sicher das Wort Liebe entfacht hat, dessen Vorstellung sie entzückt, und der Alte ... der Alte hält ein gefülltes Glas in den Händen, das sich erwärmt. Beginnen wir rasch, damit der Wein nicht sauer wird.

Der Stegreifroman
ODER
die Abenteuer des berühmten Amandor und der schönen, unerschrockenen Ariobarsane

Einst lebte einige Meilen von Paris entfernt in seinem Schloß ein Edelmann zwischen fünfunddreißig und vierzig Jahren. In der Nähe dieses Schlosses befand sich das einer Witwe von ungefähr gleichem Alter; die beiden Nachbarn waren ineinander verliebt; die Nähe ihrer Schlösser hatte ihre Herzen verbunden, auch herrschte zwischen ihnen eine gewisse Übereinstimmung der Empfindungen und des Charakters. Der Edelmann, den ich Amandor nennen will, hatte seine Leidenschaft für die Witwe fast drei Monate mit sich herumgetragen, ohne daß er ein Geständnis gewagt hätte; die stolze Miene, die große Empfindsamkeit, die er bei der Dame bemerkte, hatten ihn stets zurückgehalten.

Er war also im dritten Monat seines Liebesgeheimnisses, als er eines Vormittags, gerade als er den achtbaren Gegenstand seiner Liebe aufsuchen wollte, diesem in einer Art Wäldchen oder Kaninchengehege in der Nähe seines Schlosses begegnete. Die Dame schien die dunkelsten, schmalsten Pfade aufzusuchen, um ungestört ein Buch zu lesen, das sie in der Hand hielt und dessen Lektüre ihr ein großes Vergnügen zu bereiten schien. Amandor sprach sie sanft und ängstlich an: »Darf ich mir schmeicheln«, sagte er mit demutsvoller Stimme, »daß Sie die Güte hätten, einen Augenblick Ihre Beschäftigung zu unterbrechen, um mir den Genuß Ihrer Unterhaltung zu gewähren?« Diese Artigkeit war zu respektvoll, als daß sie hätte zurückgewiesen werden können, darum erlitt sie auch nicht ein solch böses Schicksal. »So groß mein Vergnügen an der Lektüre ist, so verzichte ich doch gern darauf zugunsten dessen, ein Gespräch mit Ihnen zu führen«, antwortete sie. Nach diesen Worten erkundigte Amandor sich, welches Buch sie lese. »Einen Roman«, sagte sie, »in dem die Liebhaber Gefühle zeigen, die mich entzücken. Ach, wie liebenswert die Liebe in der Form ist, wie jene Personen sie empfinden. Ich gestehe, eine Frau wäre sehr glücklich, wenn sie eine Zuneigung weckte wie die, von der diese Liebhaber erfüllt sind; welche Behutsamkeit, um es nicht an Achtung fehlen zu lassen, welche Schüchternheit! diese infolge der übertriebenen Zurückhaltung erpreßten Geständnisse! Kaum haben sie ihre Liebe gestanden, halten sie sich für schuldig und verloren, verdammen sich zum Tode, wollen ihn in einer ewigen Verbannung suchen, wenn man sie nicht zurückhält; doch sie sind edle Verbrecher, die bei aller Furcht einen angemessenen Stolz behalten, der würdig ist, ihr Verbrechen zu begleiten, wenn ihr Geständnis nicht gänzlich mißfällt. Werden sie erhört, welch ein Entzükken! welche Extase! welche unschuldsvollen Zärtlichkeiten! Ach, Monsieur, Sie sehen, ich bin noch ganz erfüllt davon. Unser Jahrhundert ist verdorben, man lebt nicht mehr wie früher, heute ist die edelste Leidenschaft nur eine Nichtigkeit, die Liebenden sind dreist, die Damen haben ihre Macht verloren und dürfen die Männer nur noch entflammen, statt daß sie wie einst die Herzen regieren und über Glück und Schicksal ihrer Anbeter entscheiden.«

»Nein, nein, Madame«, entgegnete Amandor ihr lebhaft, »es gibt noch Damen, denen die Verdorbenheit des Jahrhunderts dieses Anrecht nicht geraubt hat.« »Ist es möglich, was Sie da sagen?« fragte die Dame verlegen (denn ich vergaß zu sagen, daß sie eine geheime Zuneigung für den Edelmann empfand).

»Wie! Sie kennen Damen, deren Macht so groß ist wie die der berühmten Liebhaberinnen auf ihre Liebhaber? Gehören Sie selbst etwa zu jenen, die ihr unterliegen würden? Sprechen Sie, Monsieur!«

»Ich habe nicht gesagt, daß ich mehrere dieser absoluten Herrscherinnen kenne, Madame«, erwiderte Amandor, »doch Sie kennen sich selbst sehr schlecht, wenn Sie daran zweifeln, daß es noch welche gibt.«

Er errötete bei diesen Worten und schwieg. Die Dame, die ich Félicie nennen will, blieb eine Zeitlang stumm; dann entgegnete sie ernst und gemessen mit folgenden klugen Worten:

»Ich möchte niemandem gegenüber jene sein, von der Sie sprechen; und wenn sich durch eine Fügung, an der mein Willen keinerlei Anteil hätte, tatsächlich jemand fände, der die Kühnheit besäße, es zu empfinden und mir zu sagen, dann würde ich ihm durch einen angemessenen Stolz begreiflich machen, daß ich die

Leidenschaft auch des liebenswürdigsten Liebhabers nur bewundere, wenn seine Achtung sie unter tiefstem Schweigen begräbt. Das ist die Haltung, die mich am meisten bei denen berührt, deren Abenteuer ich lese.« »Haben deren Angebetete nie ihre Liebe erfahren«, fragte Amandor, »und hat die achtungsvollste Stille nicht einmal ein Ende?«

»Nein«, erwiderte Félicie, »gerade die größte Liebe offenbart sich nicht.«

»Ach, wenn es so ist«, sagte Amandor traurig, »dann werde ich nie den Vorzug haben, mich zu einer ewigen Verbannung zu verdammen und mich Ihnen gegenüber des schönsten und edelsten Verbrechens anzuklagen, das je das Herz eines Liebenden begangen hat.«

Wie entzückt Félicie in ihrem Innern über Amandors Worte war! Ihr Herz nährte sich seit langem von den Gefühlen, die sie in den Romanen fand. Auch hatte ihr der schüchterne Amandor nur wegen der Übereinstimmung seines Geschmacks mit dem ihren gefallen; es war Félicie nicht entgangen, daß er sie liebte, und sie hatte der Neigung, die in ihr zu seinen Gunsten sprach, umso lieber nachgegeben, als das Bild, das sie sich stets von der Liebe gemacht hatte, mit dem des Edelmannes übereinstimmte; in ihrem Innern hatte sie sich sogar oft in der

Hoffnung gewiegt, die Auswirkungen der von ihr erweckten Leidenschaft glichen jenen, die die antiken Schönheiten hervorriefen, deren Abenteuer sie verschlang. Die Art und Weise, in der Amandor ihr soeben seine Liebe gestanden hatte, erschien ihr so schön und in einer solchen Übereinstimmung mit all ihren Vorstellungen von Achtung, Schüchternheit und edler Verwegenheit, daß sie diesen Augenblick insgeheim als das Vorzeichen eines mindestens ebenso interessanten Abenteuers betrachtete wie all jene, die in ihrer Lektüre vorkamen. Ihr Alter, der Geschmack des Jahrhunderts, ihr geringes Vermögen, alles verschwand unverzüglich aus ihren Augen; sie sah in Amandor nur noch einen Anbeter höchsten Ranges und in sich selbst das edle Ziel einer brennenden Leidenschaft, deren Beginn bereits ankündigte, welches Ende sie nehmen würde.

Sie warten sicher ungeduldig darauf, welche Antwort sie auf Amandors Liebeserklärung gibt; doch ich mußte Sie erst mit der Geistesbeschaffenheit der Dame vertraut machen, damit Sie die folgenden Entgegnungen genießen können.

»Ich weiß nicht«, gab sie auf Amandors Rede zur Antwort, »was mir ein so keckes Kompliment von Ihrer Seite verschaffen kann. Gewiß sollte die Verbannung, von der Sie sprechen, der Preis sein, mit dem Sie Ihre Verwegenheit bezahlen; doch bitte ich Sie, verdammen Sie sich als erster selbst dazu, ehe meine Entrüstung Sie dazu auffordert.«

»Nun denn, Madame«, erklärte der Anbeter, der keine süßere Antwort erhofft hatte, »nun denn, Sie werden zufrieden sein. Gewiß verdiene ich Ihre Verachtung für meine Leidenschaft, die Sie wenigstens nicht mit Ihrer Entrüstung zu bestrafen geruhen, doch werden Sie eingestehen müssen, daß durch die Art, in der ich mich selbst bestrafe, kein Herz je würdiger war zu lieben als das meine, denn ich werde nichts unterlassen, um mich so unglücklich zu machen, wie ich es verdiene, nachdem ich Ihnen mißfallen habe.«

Nach diesen Worten verließ Amandor unverzüglich Félicie, der nur noch diese Entgegnung zu ihrem Vergnügen gefehlt hatte, das Geständnis mit denen der Romane zu vergleichen, die sie gelesen hatte; tatsächlich, es fehlte nichts. Der wiedererstandene Césarion hätte seine Liebe nicht besser erklärt, und auf die Erklärung wäre die Verbannung gefolgt. Amandor war sich selbst treu geblieben, er hatte dem Unglück, schlechte Aufnahme zu finden, getrotzt als ein Mann, der würdig war, unter den berühmtesten

Liebeshelden seinen Platz zu finden, und von nun an konnte Félicie sich selbst mit der berühmten Kleopatra auf einer Stufe fühlen. Inzwischen hatte sich Amandor entfernt, um offenbar nicht so bald zurückzukommen. Der Edelmann war tausendmal mehr von Félicies Grausamkeit entzückt, als es ein gewöhnlicher Liebhaber von den Freundlichkeiten seiner Angebeteten gewesen wäre. Mehr als zehn Jahre schon verbrachte er seine Zeit damit, ebenso wie die Witwe nach Romanen zu suchen und sie zu lesen: die Übereinstimmung von Félicies Charakter mit seinem eigenen hatte ihn aus heiterem Himmel veranlaßt, sie zu lieben. Er hatte sehr wohl bemerkt, daß sie seine Liebe in seinem Verhalten entdeckt hatte, und ihre gespielte Gleichgültigkeit hatte nur dazu gedient, seine Gefühle noch zu verstärken, weil er glücklich war, eine Person zu lieben, deren Art so viele Gemeinsamkeiten mit den Heldinnen seiner Romane besaß.

Doch nun ist er in Ungnade gefallen; er befindet sich in der gleichen Lage wie so viele berühmte Verbrecher, deren zärtliche Tollkühnheit wie die seine bestraft worden war. Félicie ist verärgert, und ihre stolze Entrüstung ist für den Edelmann eine Quelle unaussprechlicher Freude.

Félicie ihrerseits, die liebenswerte Félicie, seufzt heimlich über die Grausamkeit einer Verpflichtung, die sie zwingt, einen Anbeter in Verzweiflung zu stürzen, den sie innig liebt; ihr von Seufzern geschwollenes Herz wirft sich eine Barbarei vor, die doch ihren Charme für sie hat. »Er flieht vor mir«, sagt sie sich, »Amandor ist entschlossen, mich zu meiden. Grausame Pflicht! weshalb widersetzt du dich der süßen Neigung, die mein Herz für ihn empfindet?« Leider ist diese Pflicht, so grausam sie auch ist, für die Dame ein reizender Tyrann.

Amandor denkt bereits daran, sein Schloß zu verlassen; die Annehmlichkeiten seines Hühnerhofs, der Ackerbau, die Jagd, Hasen und Rebhühner, diese angenehmen Gerichte, all das hat keinen Reiz mehr für ihn. Von nun an wird Amandor nur noch ein armseliger Ritter sein, der Spielball eines gräßlichen Schicksals. Für den richtigen Ablauf seiner Liebe fehlt noch ein Vertrauter, in dessen Schoß er die Tränen weinen kann, die seine Augen vergießen werden. Seine Wahl trifft auf den Sohn eines reichen Bauern im Nachbardorf, einen zweiundzwanzigjährigen jungen Mann. Dieser hatte stets an Amandors Romanlektüre teilgenommen, und sein für das ansteckende Gift dieser Lektüre empfängliches Hirn hatte den nötigen Grad der

Verrücktheit erreicht, um ihn der getroffenen Wahl würdig zu machen. Genau genommen war diese Verrücktheit nicht so verfeinert wie die Amandors. Ihre Beschaffenheit entsprach seiner groben Erziehung, sie hatte ihre Absonderlichkeit, jedoch nicht ihr Zartgefühl. Aber was macht das schon in einem Jahrhundert, das für diese Art Romansujet so unempfänglich ist wie das unsere! Amandor war jedenfalls glücklich, jemanden wie Pierrot zu finden, so der Name des Bauern.

Pierrot kam gerade des Weges, als der Edelmann ihn holen lassen wollte: ein paar Tränen, die aus des unglücklichen Amandors Augen quollen, ein paar Seufzer, die ihm entschlüpften, verkündeten Pierrot, daß dieser Edelmann Kummer hatte.

»Ach, Monsieur, was habt Ihr«, redete der Bauer ihn an und fuhr mit einem Ausdruck fort, der fast eines Vertrauten der alten Zeiten würdig war. »Ihr weint wie Artamus, so glaube ich zu sehen; kürzlich las ich das Buch, das von ihm erzählt. Bitte setzt Euch zu Füßen einer Eiche, während Ihr weint, ich setze mich neben Euch, und Ihr erzählt mir Euren Kummer, denn so hat auch er es mit seinem Vertrauten gemacht.«

Amandor antwortet nur mit einem tiefen Seufzer, geht gedankenverloren über seinen

Hühnerhof und setzt sich unter einen Nußbaum in der Nähe des Schlosses. Pierrot folgt ihm wortlos und setzt sich zu seinen Füßen.

Konnte das Unglück dieses Liebhabers besser gelindert werden als durch Umstände solcher Art? Unter dem Baum verdoppelt er sein Seufzen, richtet wiederholt die Augen gen Himmel; und Pierrot, um ihm seine Anteilnahme auszudrücken, folgt ihm in seinem Gejammer mit rührendem, lautstarkem Wehklagen. Doch schließlich stellt das genaue Abbild eines Vertrauten fest, es sei genug geseufzt. »Was zuviel ist, ist zuviel«, sagt er zu dem traurigen Amandor, »jetzt muß geredet werden, erzählt mir Eure Geschichte.«

»O Himmel, wie bin ich zu beklagen«, rief Amandor bei diesen Worten aus. »Ich bin überzeugt davon, daß Ihr es noch nicht in dem Maße seid wie Artamus«, entgegnete Pierrot, »denn als dieser unter der Eiche weinte, heißt es, er habe zwei Tage kein Bröckchen zwischen die Zähne bekommen, und das ist noch ein großer Trost für Euch, daß Ihr neben einem so gut bestückten Hühnerhof lebt, der Euch gehört.«

»O Himmel«, rief Amandor erneut, »was redest du da?«

»Ich sage nichts, was nicht wahr ist«, erklärte Pierrot, »ich habe das Buch dabei.«

»Davon rede ich nicht«, entgegnete Amandor, »ich denke nicht mehr daran, dieses unselige Leben weiterzuführen, das durch Félicies Grausamkeit zum Ende verdammt ist.«

»O die Herzlose«, schrie Pierrot, »ich hätte schon immer geschworen, daß Sie Euch noch einen bösen Streich spielen wird, sie gleicht Kleopatra wie ein Ei dem andern; ich habe geahnt, daß Ihr Feuer fangen würdet und habe vorausgesehen, daß Ihr eines Tages ihretwegen durch die Lande ziehen müßt; aber erzählt, wie es zu Euerm Unglück gekommen ist.« Nach diesen Worten gab Amandor einen genauen Bericht über die Art seiner Begegnung mit Félicie und dem Ausweg, den er gefunden hatte, um ihr seine Liebe zu erklären.

»Oh! oh!« sagte da Pierrot, »jetzt wundere ich mich nicht mehr über Euern Gram; sie hat die Romane ebenso gelesen wie wir, und ich wette, Ihr seid schlecht empfangen worden; jetzt braucht Ihr nur noch Eure Stiefel zu schmieren und ich die meinen, denn ich liebe Perrette, ihre Kammerzofe; das arglistige Ding weiß das ganz genau, aber sie war immer stolzer als ein Hahn gegen mich. Ich habe drauf gewartet, daß wir mal Äpfel zusammen herunterschlagen würden, um ihr mein Leid zu erklären; doch jetzt gilt es für getan, und weil Ihr Euren

Abschied habt, geh' ich und hol' mir meinen. Wartet hier auf mich, ich brenne darauf, mit demselben Vergnügen weinen zu können wie Ihr. Ach, Pierrot, Pierrot, was hast du getan! Jetzt werden wir unsere Truthähne verlassen müssen.«

Nachdem Pierrot diese Rede gehalten hatte, erhob sich Amandor und sagte zu ihm:

»Komm, folge mir. Dein Entschluß läßt mich auch einen fassen, den nichts erschüttern kann: ich werde Félicie aufsuchen, ihr ewige Liebe schwören und ihr ein letztes Lebewohl sagen.«

»O Monsieur, Ihr habt es zu eilig«, erwiderte Pierrot. »Ihr müßt der Dame Zeit lassen, das Böse zu vergessen, das ihr von Euch angetan wurde. Ihr verderbt alles, wenn Ihr sie aufsucht, während sie erst frisch in Zorn geraten ist, sie könnte Euch nicht mit gutem Gewissen Eure Zudringlichkeit vergeben. Denn Ihr wißt, daß das so vor sich geht, erinnert Euch daran. Schließlich gibt es solche Liebe und solche.«

»Du hast recht, teurer Brésis«, entgegnete Amandor, »meine heftige Liebe veranlaßte mich, den Respekt zu mißachten, den ich Félicies Zorn schulde.«

»Teufel«, rief Pierrot, »was für eine Herzensfreude Ihr mir macht, wenn Ihr meinen Namen ändert: teurer Brésis! Ach, Monsieur, warum streifen wir noch nicht gemeinsam als Wilde durch die Wälder? Was für ein Vergnügen es mir machen wird, wenn ich Euch sagen höre: Komm her, Brésis! Doch übrigens, da Ihr mich umtauft, es würde Euch nicht mehr kosten, wenn Ihr mir lieber einen anderen Namen geben würdet: Brésis gefällt mir nicht, das klingt so trocken, außerdem war Brésis gefühllos, und ich bin verliebt, nennt mich deshalb lieber Timanus, ich habe den redlichen Schildknappen, der diesen Namen trug, immer sehr gern gehabt.«

»Nun gut, lieber Timanus«, sagte Amandor, »verschieben wir unser Vorhaben also auf morgen, und überlaß du mich jetzt meinem Kummer.«

»Das ist sehr gut gesagt«, erwiderte Timanus, »Ihr handelt als edler Ritter; zum Teufel, es scheint, Ihr habt die Milch derselben Amme getrunken; aber Ihr seid zu Füßen dieses Baumes nicht genügend im Schatten, kommt ins Kaninchengehege und setzt Euch unter die große Buche, ich werde mich in bescheidener Haltung dazusetzen, und wenn ich meinen Napf Suppe gegessen habe, gehe ich zu Perrette und mache sie rasch auf mich wütend; aber ich werde sie umtaufen, verdammt, so wie Ihr es mit mir getan habt.«

Nach diesen Worten begab sich der in Timanus verwandelte Pierrot in das Schloß des Edelmannes. Bei Amandor gab es kaum sehr viele Diener, die dem jungen Bauern zugerufen hätten, zu wem möchtest du, oder nach den Gründen seines Besuches gefragt hätten; außerdem war man daran gewöhnt, ihn mit dem Herrn zusammen zu sehen. Er ging in den Stall und band zwei magere Pferde los: eine Stute, deren Füllen um sie herum sprang, und einen kleinen, besonders dürren Gaul, der genau dem der Apokalypse glich; dann setzte er sich auf diesen Gaul, nahm die Stute am Zügel und ritt zu dem Kaninchengehege, in dem Amandor unter seinem Baum träumte. Doch erschien ihm das Füllen, das seiner Mutter folgte, als überflüssig. Er konnte sich nicht erinnern, jemals irgendwo gelesen zu haben, daß ein Füllen bei den Abenteuern verliebter Ritter auch nur teilweise dabeigewesen sei, doch ging er über diese Erwägung hinweg in der Annahme, daß die Geschichtenerzähler sich offensichtlich nicht bei solchen Bagatellen hatten aufhalten wollen.

Amandor war so tief in seine Träumereien versunken, daß er seinen Schildknappen auf dem Pferd gar nicht bemerkte; das bockende und springende Füllen zog ihn aus seiner Versunkenheit, indem es an seinem Ohr schnup-

F.K. Waechter

perte. Der geistesabwesende Amandor erschrak und fuhr mit einem Schrei in die Höhe; da sprang der umsichtige Schildknappe vom Pferd und bot die Stute seinem Herrn an, der nicht ahnen konnte, worauf der Einfall hinauslief.

»Da bringe ich Euch Eure Stute«, sagte der Schildknappe zu ihm. »Das kleine Füllen ist ihr gefolgt, aber das macht nichts; auf, auf! Ariobarsane, Coriolan und viele andere hatten vielleicht ebenso wie Ihr ein Füllen im Gefolge, denn wo Stuten sind, da sind auch Füllen, wo Mütter sind, da gibt es auch Kinder.« »Aber Timanus«, erwiderte Amandor, der sich bekümmert an seinen Schrei erinnerte und sich ärgerte, daß er durch seine unwürdige Angst die Unerschrockenheit jener verraten hatte, die er nachahmte. »Was hast du mit den Pferden vor?«

»Ich habe sie hierhergebracht, Seigneur Amandor«, erklärte Timanus, »damit Ihr so träumen könnt, wie ein Mann Eures Schlages in einem Wald träumen muß. Wenn zufällig ein verliebter Ritter hier vorbeikäme, würde er Euch für einen schlichten Bürgersmann halten, so ohne Pferd neben einem Baum; vielleicht würde er glauben, Ihr gingt zu Fuß wie eine armselige Katze, und damit würdet Ihr Eure Herrin kränken. Bindet also fein ordentlich den

Zügel Eures Pferdes an dem Baum fest, unter dem Ihr ruht, damit Ihr Eure Seufzer den Formen entsprechend ausstoßt. Wie sieht das denn aus, ein Flickschuster ohne Leder, ein Ritter ohne Stute oder Gaul! Und ich setze mich in einiger Entfernung von Euch, aus Respekt, wie es sich gehört, und sehe Euch zu.«

Timanus' Einfall erschien Amandor ziemlich klug, er war sogar erstaunt, nicht selbst daran gedacht zu haben; er nahm also den Zügel der Stute und wollte ihn gerade am Baum festbinden, als Timanus ihn plötzlich am Arm packte und zurückhielt.

»Halt, halt, Seigneur«, rief er, »mir kommt da ein Zweifel. Ihr bindet Euer Pferd am Baum fest, ohne geritten zu sein. Wenn ich mich, verdammt noch mal, richtig erinnere, so stiegen die andern erst vom Pferd und banden es dann fest. Ein Karren fährt nicht ohne Rad, und wenn man ein Ragout macht, gehört auch alles dran. Also steigt auf, ich halte Euch den Bügel, denn das ist meine Aufgabe; ich möchte sie nicht gegen die Pflichten unseres Steuereinnehmers tauschen.«

»O Himmel«, rief Amandor aus, ohne damit seinem Schildknappen zu antworten, »reizende, doch grausame Félicie, in welche Verwirrung stürzt du meinen Geist.«

»Teufel, wenn sie wüßte, daß ihr Anbeter

seine Stute an einen Baum festbindet, ohne auf ihr geritten zu sein«, bemerkte Timanus, »sie würde ihm so wenig Aufmerksamkeit schenken wie ihren alten Schuhen.«

Amandor bestieg also sein Pferd, und Timanus hielt mit dem Hut in der Hand den Steigbügel; sobald er im Sattel saß, sagte sein Schildknappe: »Jetzt kommt wieder herunter; nun könnt Ihr hunderttausend Jahre träumen, ohne daß man Euch das Geringste nachsagen kann.«

»Laß mich, Timanus«, sagte Amandor, »und entferne dich ein wenig.«

Nach diesen Worten zog Amandor seinen Hut tief ins Gesicht und schlug einen Weg in den dichtesten Teil des Kaninchengeheges ein. Timanus, der seinen Herrn wegreiten sah, band rasch den Zügel seines Pferdes los, um ihm zu folgen, doch entfernte sich dieser immer weiter. »Verdammt, da reitet er«, rief Timanus ärgerlich, »und ich bin nicht hinter ihm.«

Währenddessen versuchte er, sein Pferd zu besteigen. Doch das launische Streitroß schüttelte verdrossen den Kopf, weil es von den Blättern weggerissen wurde, die es gerade fraß, und drehte sich ständig so, daß es dem eifrigen Timanus nicht gelang, seinen Hintern in den Sattel zu bekommen. »Die Pest soll das verdammte Vieh holen«, sagte er, »es hat kein Hirn und weiß nicht, daß es der Stute meines Herrn folgen muß; warum haben die Schildknappen nicht das Geheimnis hinterlassen, wie man den Pferden die für die Liebe nötigen Kniffe beibringt? Teufel, ich sehe Amandor nicht mehr! Oh, jetzt hab ich es zur Hälfte geschafft.«

Als er das sagte, hing er tatsächlich halb auf dem Pferd, konnte aber sein Bein nicht über den Sattel bringen; das Pferd lief immer noch im Trab und schüttelte daher den armen Schildknappen kräftig durch.

Inzwischen bekam er Angst herunterzufallen.

»Au, au«, schrie er. »He, Seigneur Amandor, zu Hilfe! Wartet einen Augenblick.«

Doch Amandor war mit einem ganz anderen Abenteuer beschäftigt. In dem dichten Laubgewirr des Kaninchengeheges, in das ihn sein Weg geführt hatte, bot Félicie selbst sich seinen Augen dar. Erfüllt von der zärtlichsten Liebe für Amandor, welcher ihr seine Liebe gerade erst vor zwei Stunden erklärt hatte, war sie auf ihrem Spaziergang ihrer Kammerzofe Perrette begegnet und hatte dieser in allen Einzelheiten ihr Abenteuer mit Amandor geschildert, ihren grausamen, demütigenden Stolz, mit dem sie das Geständnis seiner Leidenschaft entgegengenommen hatte, und den barbarischen Zwang, den sie sich selbst auferlegte, um ihrem Besieger den Sieg zu verheimlichen, den er über ihr Herz davontrug; ihre Vertraute (ich spreche von Perrette, die dank dem Umgang mit ihrer Herrin und ihrer Romanlektüre ungefähr die gleichen Vorstellungen hatte wie Timanus, nur ein wenig gemildert) hatte Félicies Erregung nach besten Kräften besänftigt.

»Ach, Madame«, hatte sie zu ihr gesagt, »Liebe ist ein schreckliches Übel. Aber Sie hätten Ihren Ritter nicht in eine solche Verzweiflung stürzen sollen; doch geben Sie trotzdem die Hoffnung nicht auf, er wird nicht so dumm sein und ohne ein Wort verschwinden; vielleicht wird Ihr Herz sich dann gehen lassen.«

Diese Art von Reden war lange Zeit die Linderung gewesen, die Perrette dem Kummer der traurigen Félicie verschafft hatte. Sie waren beide weitergegangen, und unbemerkt hatte ihr Weg sie an die dichteste Stelle von Amandors Kaninchengehege geführt.

Beim Anblick dieses dunklen Ortes hatte Félicies Schmerz sich noch vergrößert; die Einsamkeit weckt die Liebe und verstärkt sie noch; der Ort stimmte nur allzu gut mit der Leidenschaft einer Dame wie Félicie überein, sie konnte ihn nicht verlassen, ohne ihn zuvor mit einigen Beweisen ihres Seelenzustandes zu ehren.

Perrette, auf die der Ort ungefähr die gleiche Wirkung ausübte, riet Félicie, sich hier auszuruhen; man wählte einen großen, dichtbelaubten Baum, unter dem Félicie sich niederließ. Perrette, eine Vertraute, die würdig gewesen wäre, selbst die von Clélie zu ersetzen, nahm neben ihrer Herrin Platz, die vor lauter Seufzen nicht sprechen konnte. Sie legte der Herrin Kopf in ihren Schoß, und mit einem Taschentuch, das vielleicht nicht ganz der edlen Situation entsprach, trocknete sie die Tränen, die aus Félicies schönen Augen flossen, Augen, denen einige Jahre zu viel in Wahrheit etwas an Glanz und Lebendigkeit nahmen, doch denen der Vorzug des edlen Weinens die Reize ersetzte, die das mißgünstige und etwas zu weit fortgeschrittene Alter ihnen nehmen wollte.

Félicies Haltung wurde ebenso wie die geringste ihrer Bewegungen der Lage entsprechend arrangiert; alles mußte zu der Art ihrer Leidenschaft passen; nachdem sie reichlich geseufzt hatte und ihre Vertraute die schönen Augen genügend getrocknet, hielt sie die Zeit für gekommen, sich einem Schlaf zu überlassen, den sicher ihre Erschöpfung verlangte.

Ich werde Ihnen nicht genau erzählen, ob der Schlaf echt war; vielleicht sind die Augen einer Liebesheldin darauf abgerichtet, bei allem mitzuwirken, was zu einer edlen Liebe gehört.

In diesem Zustand ruhte Félicie unter dem Baum, als Amandor, den sein Pferd und seine Unruhe gemeinsam ins Abenteuer zogen, auf die liebenswerte Person stieß.

»Ist es wirklich die Herrin meiner Seele, die mir hier erscheint?« rief er aus. »O Himmel, auf welche außergewöhnliche Weise verstehst du es, die Freude mit dem Unglück zu verketten!«

Nach diesen wenigen, der angenehmen Überraschung, die er erlebte, würdigen Worten sprang er vom Pferd und schritt mutig voran. Perrette, in deren Schoß Félicie ruhte, stieß einen Schrei aus, der ihre schlummernde Herrin weckte. Amandor lag bereits zu Füßen der grausamen Dame, als diese die Augen öffnete.

»Ihr Götter! angebetete Félicie, ich begegne Ihnen in dem Augenblick, da meine Verzweiflung mich von der Stätte verstößt, wo Sie sich aufhalten«, rief er, denn seinen kleinen Ritt betrachtete er bereits als eine beabsichtigte Flucht. »Ach, wie hart Sie mich für die unschuldige Schicksalsfügung bestrafen, die mich Ihre Ruhe stören läßt!«

»Seigneur«, entgegnete Félicie, die vor Erregung über die auf so günstige und natürliche Weise herbeigeführte Situation halb ohnmächtig war, »versuchen Sie nicht mehr, diese Ruhe zu stören, die endlich meinen Qualen gefolgt ist. Was wollen Sie hier? Ich hatte auf ein ewiges Schweigen vertraut und gehofft, Ihr Verschwinden werde mir die Bedrängnis ersparen, in die Sie mich jetzt stürzen. Lassen Sie mich!«

»Ja, meine Prinzessin, ich werde Sie meiden, da Sie es mir befehlen«, erwiderte Amandor. »Doch lassen Sie mir vor dieser unheilvollen Flucht die süße Freude, Ihnen noch einmal zu beweisen, wie sehr mein Herz Sie anbetet, oder vielmehr trauen Sie nicht einer Flucht, die mein Herz in jedem Augenblick widerrufen könnte, und durchstoßen Sie eigenhändig mit diesem Stahl (denn er hatte seinen Degen bei sich) das Herz, dessen Liebe Ihnen mißfällt und Sie beleidigt.«

»Ach, Seigneur, so viel Zuneigung erschreckt mich«, erwiderte Félicie, »ich hasse dieses Herz nicht genügend, um . . .« Hier hielt sie inne; die sich über ihr Gesicht ausbreitende Röte erklärte besser den Sinn dessen, was sie sagen wollte, als es ihre Worte getan hätten.

Während dieses zärtliche Gespräch stattfand, trabte Timanus, der ungeschickte Reiter, durch das Kaninchengehege, ohne daß es ihm inzwischen gelungen wäre, sein Bein völlig über die Kruppe seines Pferdes zu bringen. Das schlecht geführte Streitroß (denn Timanus hielt den

Zügel in der Hand) schnaubte, schlug aus, während es den Kopf hin- und herwarf, und bot bei seinem holprigen Trab den Ästen und Zweigen der Bäume die Haare des Schildknappen zum Kämmen dar, weil diesem der Hut vom Kopf gefallen war. Dieses struppige Haar fügte noch ein gewisses komisches Grausen zur Häßlichkeit seines Gesichtes, das mit seinem zum Schreien geöffneten Mund ein entsetzliches Bild bot. Nachdem das Pferd lange kreuz und quer herumgelaufen war, brachte es endlich den unglücklichen Timanus an den Ort, wo die Liebesszene stattfand. Er erkannte als erstes seinen Herrn und schrie ihm zu, er solle seinen verfluchten Gaul anhalten, doch dieser blieb beim Anblick von Amandors Stute von allein stehen und brachte damit das Geschrei des Schildknappen zum Verstummen; er rutschte vom Pferd, und als er Félicie und Perrette neben seinem Herrn sah, rief er ganz kaltblütig: »Oho, da seid Ihr ja beide; wollt Ihr euch auch wie wir auf den Weg machen? Mein Pferd hat gut daran getan, hier anzuhalten, das erspart mir die Mühe, Euch aufzusuchen, Demoiselle Perrette, Euch, die Ihr von nun an Dina heißen werdet, so wie ich den Namen Pierrot in Timanus verwandelt habe, nur um Euch zu gefallen. Das ist es, was ich Euch mitteile und was Ihr aus Bosheit nicht erraten wolltet; denn meine Augen haben Euch seit drei Monaten so viel gesagt, um einen ganzen Stapel Papier zu beschreiben; ich war wohl darauf gefaßt, daß Ihr Euch nichts anmerken lassen würdet, und Ihr habt es gut gemacht, aber schließlich, Gelegenheit macht Diebe. Jetzt stehe ich bei Euch schlecht da, aber zum Teufel, man soll die Gelegenheit auch beim Schopfe packen, mir ist es gleich, weil ich Euch liebe und Ihr das genauso gut wißt wie ich; aber wenn ich nur weinen soll und mit Seigneur Amandor umherziehen, dann braucht Ihr es nur zu sagen, wir reiten beide ans Ende der Welt. Und wenn wir nicht mehr weiterkönnen, kehren wir zu euch zurück; Teufel! dann kommt die Rose nach den Dornen.«

Mademoiselle Perrette, genannt Dina, wollte gerade auf Timanus' zärtliches Geständnis erwidern, als Amandor zu dem Schildknappen mit verächtlichem Blick sagte:

»Laß dir sagen, Timanus, daß du Zeit und Ort schlecht gewählt hast, um Dina deine Leidenschaft zu verkünden; die verständige Vertraute wird das zugeben. Versuche also, dich zu bessern.« »Ich bitte Euch um Verzeihung«, entgegnete Timanus, »kommt hierher«, fuhr er fort und zog Dina ziemlich grob am Ärmel, »gehen wir neben die Pferde, damit Ihr mir mein Urteil sprecht. Verflucht, ich trample vor Freude, daß ich aus Eurer Gegenwart verbannt bin, reizende Dina, dermaßen lieb' ich Euch. Oh, wie viele Seufzer ich Euch zu Ehren und Ruhm ausstoßen werde! wie ich meinem verdammten Gaul auf die Sprünge helfen werde! Also schnell, antwortet, um mir das Wort abzuschneiden.«

»Ei«, erwiderte Dina, »ich finde Euch recht dreist, Timanus, daß Ihr es wagt, vor meiner Nase, vor meinem Bart mir ins Gesicht zu sagen, daß Ihr mich liebt.«

»Gut«, rief da der Schildknappe, »das nimmt die richtige Wendung, ich werde das Ende der Welt sehen.«

»Ihr sollt wissen, Timanus«, fuhr Dina fort, »daß Ihr mich beleidigt.«

»Das mache ich absichtlich«, erklärte der Schildknappe, »es würde mich schön ärgern, wenn ich Euch Vergnügen bereiten würde, redet nur weiter.«

»Also sage ich Euch«, entgegnete Dina, »daß Ihr Euer Gesicht woandershin spazierentragen sollt, ich will es nicht mehr sehen.«

»Hölle und Teufel«, rief der Schildknappe, »Ihr müßtet ein gutes Fernrohr haben, wenn Ihr mein Gesicht da seht, wo es sein wird. Aber eines Tages . . .«

»Entfernt Euch aus meiner Gegenwart und

antwortet mir nicht mehr«, schloß die Kammerzofe.

»Das paßt hier nicht hin«, sagte Timanus, »ich muß immer weiter reden, und Ihr müßt schweigen und weggehen, und dann renne ich weg, als hätte ich Feuer, ich will nicht sagen wo.«

»Wenn es ist wie es ist«, erwiderte Dina, »dann begebe ich mich also zu Félicie. Ich dachte, du müßtest als erster gehen. Hör zu, Timanus, spiel nicht den Dummen und reite nicht weg, ohne mir etwas zu sagen, denn im Grunde liebe ich dich, und alles, was wir hier machen, ist nur Theater, das weißt du genau; ich hasse dich jetzt, und wenn du kommst, um mir Lebewohl zu sagen, erlebst du, wie ich ohnmächtig werde vor Liebe. Adieu, gute Reise.«

Nachdem Dina diese Rede beendet hatte, kehrte sie zu ihrer Herrin zurück, deren Herz sich mit dem von Amandor an Zärtlichkeiten überbot. Gibt es etwas Süßeres als zu hören, daß man geliebt wird, wenn dieses Vergnügen auf die Angst folgt, man werde gehaßt? Niemals empfand das ein Liebhaber stärker als Amandor. Sein Herz konnte die berauschende Freude kaum fassen. Die sittsam schmachtende Félicie mäßigte von Zeit zu Zeit seine glutvollen Bewegungen. Der Anbeter hatte ihre schönen Hände ergriffen und löste seinen verliebten Mund nur dann von ihnen, wenn eine strenge Schamhaftigkeit Félicie gebot, sie zurückzuziehen. Die zärtlichen Liebkosungen verdrängten offensichtlich etwas den Respekt – ein Respekt, der jedoch im Ganzen bei diesen heftigen Ausfällen gewahrt blieb –, und unser Liebhaber ließ sich so weit hinreißen, die Hand auf Félicies verehrungswürdiges Mieder zu legen und es mit unbescheidenem Feuer zu küssen.

Welch ein Angriff, o Himmel! unseliger Amandor! Ach, diese Tat sollte die Quelle für eine unendliche Zahl von Mißgeschicken sein: bei einer solchen Kühnheit errötete Félicie vor Scham und Grimm, über ihre Augen zieht sich ein Schleier, der das Unwetter ankündet, das über den unglücklichen, doch schuldigen Liebhaber hereinbrechen wird. Das etwas fleckige Rosa ihrer Haut, das Purpurrot ihres Mundes, dessen Schönheit nur durch seine Größe gemildert ist, vergehen und weichen einer zornigen Blässe, der jedoch sofort wieder eine flammende Röte folgt. Sie springt auf, und während sie auf Amandor Blicke schleudert, die selbst das Herz des Gottes Mars in Furcht und Schrecken versetzt hätten, ruft sie:

»Schamloser! entfernen Sie sich für immer aus meinen Augen; da dank meiner Güte sich

Ihre Seele so weit erfrecht hat, mich zu beleidigen, verwandelt sich diese Güte von nun an in einen ewigen Haß gegen Sie. Und um dir, Verwegener, zu beweisen, wie sehr deine Handlung mein Herz erzürnt, werde ich mich nicht darauf verlassen, daß du dich entfernst, so wie du es verkündet hast, denn dieses Vorhaben könntest du bei deiner Schamlosigkeit und deinem geringen Respekt bald abbrechen, sondern ich werde selbst die Orte meiden, an denen du dich aufhältst: adieu, ich erwarte keine Antwort mehr.«

Was geschah mit dem verwegenen Amandor nach diesen Worten? Selbst das Mädchen mit dem Milchtopf war über das verdammte Mißgeschick, das ihre Aussichten auf Glück zunichte gemacht hatte, nicht mehr verblüfft. Kein Glockengießer hatte je ein dümmeres Gesicht gemacht, wenn ihm seine Glockenspeise weglief. Zunächst hatte er nicht die Kraft zu antworten; Félicie war bereits dabei wegzugehen, und als er sah, daß er sie verlieren würde, gab ihm dieser Gedanke ein wenig Geistesgegenwart zurück; er lief zitternd hinter ihr her und wollte die Fliehende am Kleid packen, doch Félicie drehte sich um, wütender denn je, und rief:

»Vergrößere dein Verbrechen nicht noch durch eine Zudringlichkeit, die ich verabscheue. Wenn dein Herz nach dem, was du getan hast, noch fähig ist, mich zu lieben, so erspare mir aus Liebe die Scham und den Kummer deines Anblicks.«

Nach diesen Worten kehrte sie ihm brüsk den Rücken. Amandor hatte sich auf die Knie geworfen und blieb dort reglos liegen; nur seine Augen warfen noch Blicke, doch auf eine Art, die bewies, daß er sich in die entsetzliche Verblüffung darüber zu schicken versuchte, daß Félicie mit einem so unheilvollen Entschluß enteilte. Timanus, der tatsächlich bei den Pferden geblieben war, um ab sofort die von Dina verfügte Trennung zu befolgen, hatte jedoch die Auseinandersetzung zwischen Amandor und Félicie gehört; er hatte sogar die Tat des Ritters bemerkt und unverzüglich seine Kühnheit verurteilt, da er sich sehr gut daran erinnerte, daß in keinem Buch zu lesen stand, ein Liebhaber hätte jemals gewagt, das Mieder seiner Angebeteten zu berühren.

Félicies zweiter Zornausbruch hatte ihn sehr betrübt. Er fühlte Mitleid mit seinem unglücklichen Herrn, denn er sah daraus tausend Qualen entstehen, die vielleicht nicht so bald enden würden; doch als er entdeckte, daß Dina sich ebenfalls mit Félicie entfernte und er zweifellos keine Gelegenheit mehr finden würde, noch einmal mit ihr zu reden, so wie es nötig war, damit ihre Zuneigung den Regeln entsprach, lief er hinter ihr her und rief nach ihr.

»He! Dina! he! so sagt doch was, bevor Ihr weggeht. Damit Ihr es wißt, hartherziges, grausames Mädchen, ich werde mich vielleicht aus Kummer umbringen, weil ich Euch wegen des Bekennens meiner Liebe mißfallen habe; und Sterben ist noch nicht alles; ich werde weit über Berg und Tal so viel Lärm machen wie tausend Katzen beim Sabbat; ich werde die Hälfte meiner Portion bei jeder Mahlzeit stehenlassen, um blaß und mager zu werden wie ein Skelett, damit ich am Ende hinscheide, und Ihr werdet zufrieden sein und ich auch.«

»Was erzählt Ihr da, frecher Schildknappe«, erwiderte Dina. »Wahrhaftig, Ihr versetzt mein Herz in eine große Verwirrung; ich weiß nicht, was ich sagen und was ich machen soll; seht Ihr denn nicht, daß ich erröte und daß meine verdammte Zunge schneller ist, als ich möchte? Ihr könnt gehen, wann es Euch beliebt; aber wenn Ihr auf mich hört, mein Anbeter, dann eilt es für Euch nicht; adieu, Timanus, ich kann den Blick Eurer verliebten Augäpfel nicht mehr ertragen; ich hab' zu viel gesagt, aber davon kann man nichts wegnehmen wie bei einem Stück Kuchen.«

»Ach, meine Königin«, rief da Timanus aus, »ich kenne mich nicht vor Vergnügen, Gotts Donner ist das gut! wie schön, von einem Mädchen geliebt zu werden, das redet, ohne zu wissen, was es sagt! Aber hör, Dina, deine Herrin will meinen Herrn jetzt nicht mehr sehen; Félicie wird diesen Ort verlassen, vielleicht auf einem Karren oder einem Maulesel, und Amandor wird zu den Wölfen in die Wälder ziehn und verzweifeln, so lange bis der Dolchstich, den er Félicies Herzen versetzt hat, geheilt ist. Und verdammt, was fange ich mit ihm zusammen an, wenn wir beide nicht auch Streit miteinander haben? Kommt her, Dina, damit ich auch Euer hübsches Mieder betaste, und dann plustert ihr Euch auf und meßt mich mit stolzem Blick wie ein Gardehauptmann von oben bis unten, sagt mir, ich sei ein Schurke, ein unverschämter Kerl, ein schamloser Mensch, und dann kehrt Ihr mir den Rücken, genau wie Félicie; ich bin zunächst verblüfft, dann finde ich meine Geistesgegenwart wieder; ich laufe Euch nach, schmeiße mich auf den Boden, Ihr dreht Euch um und behandelt mich nochmal wie einen Schindanger, und dann habe ich meinen Teil genauso bekommen wie Amandor, und während der seinerseits seufzt, jaule ich meinerseits, wie eine Katze, der man das Fell abzieht;

und das ist das Vergnügen an der Liebe, wenn man sich von den gewöhnlichen Leuten unterscheiden will.«

Kaum hatte Timanus diese komische Rede gehalten, ging er auf Dina zu und tat, was er angekündigt hatte, ohne ihr Zeit zu lassen, es zu verhindern; sie wich zurück und gab ihm dabei einen Schlag mit der Faust in den Magen, der den Verwegenen drei Schritt zurückfahren ließ.

»Ha, unverschämter Schildknappe, Ihr seid aber tollkühn! alle Wetter, ich weiß nicht, was mich zurückhält, Euch die Augen auszukratzen; fort! mach, daß du verschwindest, Unglückseliger, sonst erdrossle ich dich mit meinem Strumpfband.«

»Hölle und Teufel, wenn du das machst, geht's mir auch nicht besser als jetzt«, rief Timanus, während Dina sich entfernte. Timanus nahm die Haltung eines erstaunten Mannes an, dann schlüpfte er aus seinen Holzpantinen (andere Schuhe hatte er nicht) und rannte hinter ihr her. Er erwischte sie an der Schürze und zerrte daran, als wolle er sie zerreißen, dann warf er sich auf die Knie: »Ach, Dina, seid doch nicht so wütend, seht Euch doch mein Elend an.«

»Weg, frecher Kerl«, erwiderte Dina und drehte sich um. »Ihr seid kein Schildknappe, sondern ein Esel.« Und nach diesen wenigen, doch ausdrucksvollen Worten ging sie ihres Weges.

»Doch ich bemerke«, sagte ich zu der Gesellschaft, »daß ich schon recht lange rede; die Geschichte ist jetzt gut in Gang gebracht; Sie haben an einigen Stellen gelacht, vielleicht hat sie Ihnen ein wenig Vergnügen bereitet. Jetzt sind Sie an der Reihe, Madame.«

»O mein Gott«, rief sie, »das Unternehmen erscheint mir tatsächlich ernsthafter, als ich gedacht hatte, und ich muß Ihnen gestehen, daß Sie nur die Wahl haben zwischen dem Komischen oder dem Erhabenen, denn offengestanden bin ich nicht fähig, die Kritik weiter auszuführen, die Sie an der Liebe geübt haben, wie sie in den Romanen steht. Diese Kritik hat das Ernste und das Burleske miteinander vermischt, das dürfen Sie sich von mir nicht erhoffen.«

»Wir nehmen, was Sie uns schenken«, rief der Schöngeist ihr zu; »ich bin überzeugt, Sie finden etwas so Gefühlvolles, daß wir ebenso gern weinen, wie wir bei Monsieur gelacht haben. Also auf, Madame, etwas Schönes, Phantastisches, und vor allem tragische, ausgefallene und gefühlvolle Situationen.«

»Sie sagen das nicht gerade so, daß ich hoffen könnte, Sie würden diese Situationen nachempfinden«, sagte sie. »Doch gleichviel, da ich an der Reihe bin, fange ich an. Ihre Geschichte hat aufgehört, als Dina die Flucht ergriff und offensichtlich zu ihrer erregten Herrin lief. Amandor und Timanus sind beide in dem vielzitierten Kaninchengehege zurückgeblieben.

Félicie, in ihrem gerechten Zorn gegen Amandor, führte das aus, was sie ihm angedroht hatte; kaum hatte sie sich von dem verwegenen Liebhaber getrennt, als sie beschloß, einen Ort zu verlassen, an dem sie ohne Zweifel stets dem lästigen Drängen eines Mannes ausgesetzt wäre, den sie nicht wirklich hassen konnte, doch den ihre Sittsamkeit und die Tatsache, daß er die Gesetze der Achtung überschritten hatte, ihr hassenswert machen sollten. Sie gelangte zu ihrem Schloß; dort verzögern ihre Seufzer zunächst die Vorbereitungen, die sie für ihren Aufbruch treffen muß. ›O Himmel‹, ruft sie hundertmal aus, ›welcher Schmerz ist mir beschieden! Ich habe den kühnen Amandor geliebt, der falsche Verehrer hat mit geheuchelter Achtung meine Seele gerührt, und ich muß mich schämen, weil ich einem Menschen meine Gefühle gezeigt habe, der sich ihrer als unwürdig erwiesen hat! Wie! meine Zuneigung und sein Respekt haben mich nicht vor der größten Beleidigung bewahren können, die jemals eine unglücklich Liebende erlitten hat? O Himmel! nach dieser Tat muß in meinem Herzen wenigstens das ersticken, was noch an Liebe geblieben ist.‹ Das sind für einige Zeit die traurigen Gedanken, die sie beschäftigen; vergeblich versucht Dina, ihren Schmerz zu lindern, Amandor ist ein Verbrecher, den nichts rechtfertigen kann, es gilt die Flucht zu ergreifen.

›Brechen wir auf‹, sagt sie, ›entfernen wir uns, ich muß es, mein Zorn gebietet es, wir wollen ihn mit Hilfe der Abwesenheit unterstützen. Jetzt muß der Haß den Platz der zärtlichen Gefühle einnehmen, die ich für den herzlosen Ritter hegte. Doch genügt es nicht wegzugehen, ich werde auf die Kleidungsstücke eines Geschlechtes verzichten, das noch vermessene Gefühle erwecken könnte, ich werde meiner verhängnisvollen Schönheit das Recht nehmen, den Männern zu gefallen. Nein, unglückliche Félicie, setze dich nicht mehr der Gefahr aus, Empfindungen zu wecken, die nur deine Demütigung zur Folge haben, hüte dich, eine Liebe zu entfachen, mit der deine Anbeter dich so grausam bestrafen; es ist entschieden. Dina, laß mir Männerkleidung bringen, es gibt hier ziemlich viele, nimm auch du dir welche, ich kann es nicht mehr erwarten, meine Kleidung loszuwerden, deren Anblick meinen Schmerz neu entfacht.‹ Ja, meine Herrschaften, ich nehme hier an, daß Félicie Männerkleidung zur Hand hatte, denn da sie angeblich Witwe ist, kann man vermuten, sie besitze noch die ganze Hinterlassenschaft ihres verstorbenen Mannes, ganz abgesehen von den alten Sachen, die ihr Mann von seinem Vater geerbt haben könnte. Im übrigen müssen sich die Handlungen bei der Art des Romans, wie ich ihn erzähle, mit der bequemen Leichtigkeit vollziehen, die den Romanhelden bei allem zustatten kam, was sie brauchten. Also weiter.

Dina gehorchte und brachte zahlreiche Kleidungsstücke, unter denen Félicie diejenigen aussuchte, die ihr am besten zu stehen schienen; Dina zog sich ebenfalls Männerkleidung an, dann wurden zwei Pferde aus dem Stall geholt und beide verließen das Schloß.

In melancholisches Nachdenken vertieft, schlug Félicie den erstbesten Weg ein, der sich ihnen bot. Ich überlasse es einem anderen, Amandors Lage zu beschreiben, und sage nur, daß er Félicies Flucht ahnte und fürchtete, sie für immer zu verlieren, oder zumindest für lange; ein anderer also nach mir wird uns erzählen, was aus ihm wird.

Félicie ritt zunächst einige Stunden durch eine recht einsame Gegend. Ein paar Schäfer, die auf ihren Schalmeien schlichte Weisen spielten, waren die einzigen, die ihre trübsinnigen Gedanken unterbrachen. Félicie glich durch den Anlaß ihrer Verkleidung sowie durch diese Verkleidung selbst so sehr den vielen Liebenden, deren Geschichten sie gelesen hatte, daß sie das ganze Vergnügen einer Lage empfand, die nach einem großen Abenteuer aussah; sie vergegenwärtigte sich alles, was sie an Vergleichbarem gelesen hatte; Kraft und Mut zogen in ihr Herz, und begierig darauf, dem von ihresgleichen hinterlassenen Beispiel dafür, was Frauen manchmal zu leisten vermögen, ein weiteres hinzuzufügen, wartete sie sozusagen ungeduldig auf die Gelegenheit, ein Herz zu zeigen, dem die Männer gewöhnlich nur die Fähigkeit zur Liebe zugestehen.

Diese ehrgeizigen Gedanken beschäftigten sie angenehm genug, um den Kummer auszugleichen, den die Verwegenheit ihres Anbeters ihr verursacht hatte. Müde vom Ritt und ihren Sorgen bekommt sie Lust, vom Pferd zu steigen und sich einen Augenblick auszuruhen. Die Sonne war bereits der Dunkelheit der Nacht gewichen. Félicie befand sich in einem engen, von Felsen eingefaßten Tal; als sie sich zu Fuß einem dieser Felsen näherte, bot sich ihren Augen der Eingang einer Höhle. Die Größe des Eingangs ließ darauf schließen, daß die Höhle geräumig sei. Als sie genauer hinsah, bemerkte sie dank eines Restes von Tageslicht menschliche Fußspuren.

Man kann sich leicht vorstellen, daß Félicie in ihrer mutigen Geistesverfassung, gierig nach Abenteuern, nichts hätte finden können, was ihr reizvoller erschienen wäre; der Zufall, der sie zu dieser Höhle geführt hatte, schien etwas Seltsames und Besonderes anzukünden.

Sie prüfte lange den Zugang zur Höhle; die Art, in der der Eingang gebildet war, schien ihr nicht das Wirken der Natur allein zu sein, und sie schloß daraus, daß nicht wilde Tiere die Bewohner dieses dunklen Versteckes sein könnten.

Das Urteil, das sie fällte, reizte sie nur noch mehr, selbst zu erfahren, was es mit der Höhle auf sich habe. Sie befahl Dina, die ihren Namen in Mérin verwandelt hatte, sie befahl also Mérin, die Pferde an zwei Bäume zu binden und am Eingang der Höhle zu warten, während sie hineingehen würde, um ein als Prüfstein für ihren Mut ihr würdig erscheinendes Abenteuer zu bestehen.

Sie werden sicher denken«, unterbrach sich die Dame lächelnd, »daß diese Unerschrockenheit nur die Folge ihrer törichten Empfindungen ist. Ich werde nicht versuchen, ihre Tat zu rechtfertigen, doch vergessen Sie nicht, daß Empfindungen, die nur Tugenden wecken, von niemandem als töricht angesehen werden sollten und man sie in den vergangenen Jahrhunderten nur deshalb als Tugenden ansah, weil Noblesse, Seelengröße und Mut bei den Menschen ebenso selbstverständlich waren wie heute Eigennutz, Habgier und Wollust; diese haben in die menschlichen Gefühle etwas Kleinliches, Engstirniges gebracht, was die alten Tugenden lächerlich macht, weil sie ihrem kleinen Geist nicht entsprechen.

Ich bin eine Frau, und Sie müssen mir verzeihen, daß ich Félicies Partei ergriffen habe in einer Sache, die mir nur deshalb tadelnswert erscheint, weil sie nicht mehr üblich ist. Félicie entschließt sich also, in die Höhle einzudringen, und Mérin bewacht den Eingang, den Säbel in der Hand und mit einer Entschlossenheit, ganz der Art des Lebens würdig, für die er sich entschieden hat; Félicie geht vorwärts, ebenfalls den Säbel in der Hand; eine furchterregende Dunkelheit hindert ihn ziemlich lange daran, seine Umgebung zu untersuchen; gellende Schreie, die er plötzlich vernimmt (denn ich behandle Félicie jetzt als Mann wegen des Namens Ariobarsane, den sie von nun an tragen soll, was ich vergessen hatte, Ihnen zu sagen), gellende Schreie also vermindern ein wenig seinen Eifer; er zittert, und seine Unerschrockenheit weicht für ein paar Augenblicke dem ganzen Schrecken eines solchen Abenteuers; er fühlt seinen Mut wanken, doch richtet er sich an der erhabenen Zuversicht wieder auf, die ihm sein reines Gewissen gibt, und mit dem Säbel nach rechts und links schlagend schreitet er weiter voran. Je weiter er vorwärtsdringt, desto lauter werden die entsetzlichen Schreie, denen das Gewölbe oder die Tiefe der Höhle einen noch schrecklicheren und unheilvolleren Klang verleiht. Auch dringt das Klirren von Ketten an sein Ohr, doch die Dunkelheit hält weiter an und er kann nichts entdecken.

Nachdem er eine ganze Weile so gegangen ist, hält ein Tor, das ihm aus Erz zu sein scheint, seine Schritte und seinen Säbel auf; der Lärm, den er mit seinen Schlägen gegen das Tor gemacht hat, wird von einer schreckenerregenden Stimme beantwortet, die schreit: ›Unglücklicher, wer immer du seist, was suchst du an diesem Ort?‹

›Ich komme‹, erwidert Ariobarsane, ›um meinen Mut zu beweisen, gegen dich, wenn du durch deine Missetaten meinen edlen Zorn verdienst, ebenso wie gegen deine abscheulichen Gefährten, die offensichtlich das Unglück und die Qualen jener verursachen, deren mitleiderregende Schreie ich höre.‹

Bei diesen Worten wird Ariobarsanes Mut stärker denn je, die Schrecken dieses Abenteuers sind für sein Herz nur ein Grund mehr zu noch größerer Kühnheit; selbst seine Antwort an den Unbekannten, der zu ihm spricht, hat etwas Wunderbares, das auf seine Seele zurückwirkt.

›Öffne dieses Tor, das deine Grausamkeit geschlossen hält‹, fügt er hinzu, ›öffne, oder fürchte meine Gewalt.‹

›Hinweg, Unglücklicher‹, entgegnet der Unbekannte, ›zittere und nutze das Entsetzen, das dieser Ort, dieses Tor und die Schreie, die du vernommen hast, dir einflößen. Weiche zurück und fliehe vor den grausamen Qualen, die dich erwarten, wenn du auf deinem Bleiben beharrst.‹

›Ich fürchte die Qualen wenig, mit denen du drohst‹, gibt Ariobarsane zurück, ›ich will der Gefahr trotzen. Doch soll meine Unerschrokkenheit und die Verachtung, die ich deinen Worten entgegenbringe, dich ebenso schrecken wie mich das Abenteuer, auf das ich mich einlasse.‹

Nach diesen kurzen Worten schlägt Ariobarsane, ohne auf eine Antwort des hochmütigen Unbekannten zu warten, mit dem Knauf seines Säbels gegen das Tor, und zwar mit einer Heftigkeit und Wucht, die beweisen, daß er nichts mehr von der Schwäche seines eigentlichen Geschlechts behalten hat. Vielleicht hat nicht einmal Bradamante unter ihren verwegensten Waffentaten eine vollbracht, die sich mit diesem ersten Schlag unseres neuen Ariobarsane vergleichen ließe. Bei dem wütenden Ansturm gegen das Tor geht dieses mit einem furchterregenden Gerassel auf, das von tausend schrecklichen Schreien, vermischt mit dem Klirren von Waffen, begleitet wird. Das neue Abenteuer erfüllt Ariobarsane mit frischem Mut; er tritt durch die Tür, doch die Dunkelheit verbirgt ihm eine Gefahr, der er unterliegen wird: kaum hat er einen Schritt getan, tritt sein Fuß auf steil abfallende Stufen, er schwankt, fällt, und nachdem er sehr lange nach unten gerollt ist, ohne daß er seinen Säbel losgelassen hätte, endet sein Sturz schließlich an einem ebenfalls dunklen Ort: nur eine kleine Lampe an einer Decke verleiht dem Raum, der ihm wie ein Keller erscheint, ein wenig Helligkeit. Er kann die Gegenstände nicht erkennen, doch überfällt ihn ein widerlicher Geruch wie von Leichen; er geht vorwärts,

um einen Ausgang zu finden, durch den er den unheilvollen Ort verlassen kann.

Kaum hat er zwei Schritte getan, als er auf zwei Leichen stößt. Wie entsetzlich, ihr Götter! Und kann man nun immer noch behaupten, die Lektüre von Romanen bewirke nur Verrücktheiten, da sie eine Frau fähig macht, ein Abenteuer mutig zu bestehen, dessen Bericht allein Sie schaudern läßt? Mit unerschrockener Gelassenheit stößt Ariobarsane mit den Füßen die Leichen beiseite, die ihn am Weitergehen hindern.

Er entdeckt eine sehr niedrige Tür und durchschreitet sie ohne Zögern, nichts hält ihn auf. Ein ziemlich geräumiger Saal bietet sich seinen Blicken dar, besser erleuchtet als der Keller; niemand läßt sich sehen; er geht weiter und kommt in einen zweiten, endlos langen Saal, der von zahllosen Leuchtern erhellt ist. Aber, o Himmel! ein neuer Anblick überrascht ihn: er sieht eine außerordentlich große Anzahl äußerst schöner Frauen: die einen gehen schwermütig und mit einer tödlichen Blässe auf den Gesichtern umher, andere sitzen in Sesseln und blicken mit tränenden Augen gen Himmel; sie scheinen ihn anzuflehen, sie aus ihrem gegenwärtigen Zustand zu befreien; wiederum andere sieht er auf Betten liegen, offensichtlich von einem Schlaf übermannt, den ein tödlicher Kummer herbeigeführt hat.

Jene, die umhergehen, stoßen einen überraschten Schrei aus, als sie Ariobarsane mit gezücktem Säbel eintreten sehen. Der martialische, ja sogar furchterregende Gesichtsausdruck, den seine Taten ihm verliehen hatten, versetzt die traurige Gesellschaft zunächst in Schrecken. Ariobarsane bemerkt ihre Furcht, er senkt daraufhin seinen Säbel, und indem er sich ihnen behutsam nähert, beweist er ihnen, daß er sich keinesfalls an diesem Ort befindet, um ihnen zu schaden.

Die Frauen beruhigen sich, ein freudiges Erstaunen folgt ihrem Schrecken.

›Fürchtet euch nicht vor mir‹, sagt er zu ihnen, ›meine Waffe soll nur dazu dienen, euch von dem Elend, in dem ihr zu stecken scheint, zu befreien.‹

Zu diesen Worten fügt er noch alles hinzu, was die Furcht aus ihren Herzen vertreiben könnte, sowie den Bericht darüber, wie er an diesen Ort gelangt ist.

›Ach, Seigneur‹, ruft eine der Frauen aus, ›ach, Sie sind verloren, niemals werden Sie das Sonnenlicht wieder erblicken, und welche Fähigkeiten Sie auch immer haben mögen, Sie werden unser aller Schicksal teilen müssen.‹

›Fürchten Sie nichts für mich‹, erwidert Ariobarsane, ›es ist gewiß der Wunsch des Himmels, daß ich Sie alle aus Ihrer schrecklichen Lage befreie; doch erklären Sie mir rasch, was das alles bedeutet, was ich hier sehe, sagen Sie mir, an was für einem Ort ich mich befinde.‹

Die Geschichte des Zauberers

›So erfahren Sie denn, Seigneur‹, erklärte ihm die Frau, ›daß das hier der Schlupfwinkel eines berühmten Zauberers ist und seiner Schwester; sie haben sich beide vor fast zweihundert Jahren in diese schreckliche Höhle zurückgezogen, die sie dank ihrer Kunst fast unzugänglich gemacht haben: alle, die hier leben, stammen aus der gleichen Epoche, und trotz der jugendlichen Gesichter der unglücklichen Damen, die in diesem Saal schmachten, und auch meines eigenen, sind wir zur gleichen Zeit hier hergekommen wie die beiden Zauberer.

Doch um den Ursprung unseres Unglücks zu kennen, müssen Sie wissen, daß vor fast zweihundert Jahren ein Sophi in Persien herrschte, der in der Blüte seines Lebens stand und eine ausgeprägte Leidenschaft für Frauen besaß; tausend Sendboten waren in alle Gegenden verstreut und schickten ihm täglich neue. Nie war ein Serail so reich an Schönheiten wie das seine. Ach, dieser unselige Prinz hatte also alles, um seine Liebesgelüste reichlich zu befriedigen, doch leider verliert alles, so schön, so kostbar es auch sein mag, an Wert, sobald wir es besitzen. Eines Tages befand er sich auf der Jagd und hatte sich von der Gruppe der Jäger entfernt; als er einen schmalen Weg entlangritt, bemerkte er ein kleines Haus, neben dem sich ein junges Mädchen von ungefähr fünfzehn Jahren aufhielt, deren Schönheit seine Augen blendete (niemals hatte er etwas gesehen, was seiner Bewunderung würdiger gewesen wäre); sie hatte jenen natürlichen Charme, der gleichzeitig Achtung gebietet, Sanftmut und Stolz verliehen ihren Zügen das Edelste und Bezauberndste, was diese beiden so unterschiedlichen Eigenschaften nur verleihen können. Bei ihrem Anblick hielt der Prinz überrascht an, er war entflammt, seufzte. Das junge Mädchen, das sein Erstaunen bemerkte, entzog sich unverzüglich den verliebten Blicken des Prinzen und ging ins Haus zurück. An jenem Tag war das Jagdgewand des Prinzen besonders prächtig, und die Sicherheit, die ihm sein Rang verlieh, ließ ihn den Entschluß fassen, in das Haus zu treten, um zu erfahren, wem es gehöre und wer die Eltern der schönen Person seien, die seine Augen so geblendet hatte, jedoch wollte er sich nicht zu erkennen geben. Er sprang vom Pferd, betrat das Haus: eine alte Frau erschien und fragte, was er wünsche.

'Ich bin ein Jäger und habe meine Kameraden verloren', antwortete er. 'Die Aufregung und der lange Ritt haben mir unerträglichen Durst gemacht, und ich möchte euch bitten, mir etwas Wasser geben zu lassen, um ihn zu stillen.'

'Euer Wunsch kann befriedigt werden', entgegnete die alte Frau, 'ich gehe und werde Euch selbst welches bringen.'

Nach diesen Worten verließ sie einen Augenblick den Prinzen und kehrte mit einem Becher und einem Krug voll frischen Quellwassers zurück. Obwohl der Prinz keinerlei Lust verspürte zu trinken, unterließ er es nicht, es mit einer solchen Gier zu tun, als sei er tatsächlich fast am Verdursten. Während die alte Frau ihm einschenkte, näherte sich das junge Mädchen, das sich in die angrenzende Kammer zurückgezogen hatte, mit der der Jugend eigenen Neugier. Ihr Anblick überraschte den Prinzen fast ebenso angenehm wie das erste Mal; dennoch trank er, und während er der Alten zerstreut den Becher zurückgab, sagte er: 'Ihr habt da eine recht hübsche Tochter.'

'Ich bin nicht ihre Mutter', erwiderte sie,

'sondern nur ihre Tante; ihre Eltern sind tot, sie hat nur einen Bruder, der schon seit zwei Jahren fort ist.'

Kaum hatte die alte Tante diese Worte beendet, als die Jäger, die sich gesammelt und die Abwesenheit des Prinzen bemerkt hatten, an dem Haus vorbeikamen: sein Pferd, das sie neben der Tür entdeckten, ließ sie vermuten, daß er nicht weit sein könne. Sie hielten vor dem Haus an, einer von ihnen trat ein, und als er den Prinzen sah, begrüßte er diesen mit einer Hochachtung, die die Alte und ihre Nichte vermuten ließen, daß jener, dem sie zu trinken gegeben hatte, der Sophi in eigener Person sei. Die Tante warf sich ihm daraufhin zu Füßen und bat ihn um Verzeihung für die Verstöße, die sie sicher in Unkenntnis seines Ranges begangen hatte.

'Ihr habt gar keine begangen', entgegnete ihr der Prinz und hob sie auf, 'und selbst wenn euer Empfang hundertmal weniger freundlich gewesen wäre, so hätte ich das über dem Vergnügen vergessen, das mir der Anblick eurer liebenswerten Nichte verschafft hat. Ihre Reize haben mein Herz erobert, sie wohnt in einer Umgebung, die ihrer unwürdig ist, so viel Schönheit darf nicht in einer so bescheidenen Behausung verborgen bleiben. Verlaßt euer Haus, laßt eure ganzen Habseligkeiten zurück, die Güter, mit denen ich euch beide überhäufen werde, entschädigen euch reichlich für alles, was ihr aufgebt. Eure Nichte wird in Zukunft in meinem Serail leben, doch verliert ihr sie nicht, ich will euch nicht eurer gegenseitigen Zärtlichkeit entreißen, ihr werdet zusammen bleiben.'

'Ihr seid überaus gütig, Seigneur', erwiderte die Tante, 'und wir werden uns niemals Eurer Gunst würdig erweisen können, welche Dienste wir Euch auch immer leisten mögen. Ihr verlangt nach meiner Nichte Bastille, und ich bin überzeugt, daß deren eigene Neigung sie leicht dazu bewegen würde, einem Prinzen Eures Alters zu folgen, der sie zu so hohen Ehren bringen will. Aber ich kann nicht über sie bestimmen, die Rückkehr ihres Bruders Mesti steht unmittelbar bevor, er hat sie mir anvertraut, er bringt einen Freund mit, den er ihr als Ehemann zugedacht hat. Seid so gütig, Seigneur, und verschiebt auf kurze Zeit das ihr bestimmte Glück, dann braucht sich ihr Bruder nicht über meine mangelnde Treue zu beklagen, und die Ehre, mit der Ihr unsere Familie überhäuft, wird ihn von selbst dazu bringen, sie seinem Freund zu verweigern und sie Euch darzubieten.'

Liebhaber sind ungeduldig; der Prinz schätzte diese Überlegungen durchaus nicht.

'Ihr verletzt keineswegs die Treue', entgegnete er der Tante, 'wenn Ihr Euch den Wünschen Eures Sophis fügt; meine Liebe kann sich nicht so lange bezwingen; Euer Neffe wird keinen Anlaß zur Klage haben, folgt mir.'

Die Tante wollte etwas erwidern, doch der Prinz gab ihr mit einer Handbewegung zu verstehen, daß sie ihm sofort gehorchen solle. Dann ging er zu der schönen Bastille und verneigte sich vor ihr; diese empfing ihn mit einem Ausdruck, der trotz einer sittsamen Schüchternheit eine gewisse Selbstsicherheit hatte, würdig einer im Umgang mit der großen Welt erfahrenen Person. Der Prinz befahl, ihr in den Sattel zu helfen, und man half auch der Tante hinauf; der Prinz wich nicht von Bastilles Seite; er bemerkte in ihren Antworten einen Geist, der, wenn auch nicht geformt, so doch bereit war, die feinsten und gesittetsten Eindrücke aufzunehmen; keineswegs schien sie verlegen.

'Ist Ihnen der kleine Zwang unangenehm, den ich Ihrer Tante antue, schöne Bastille?' fragte sie der Prinz. 'Und folgen Sie mir ebenso ungern, wie diese sie mir überlassen hat?'

›Die Ehre, die Sie mir erweisen, und Ihre eifrigen Bemühungen sind eines anderen Preises würdig; die Gründe für die Ablehnung meiner Tante dürfen mich nicht so weit berühren, daß ich ihre Gefühle teile; und der Ehemann, den mein Bruder mir bestimmt hat, ist nicht so anziehend, um in meinem Herzen die Dankbarkeit verdrängen zu können, die ich Ihnen schulde.'

Der Prinz und Bastille führten solcherart Gespräche, bis sie im Serail anlangten. Ich übergehe die Einzelheiten von dem, was dort geschah; es soll Ihnen genügen zu erfahren, daß Bastille den Prinzen ganz für sich allein einnahm, daß sie mit den heftigsten Gefühlen seine Neigung erwiderte, daß ihr Glück nicht im geringsten ihre bescheidene Art verdarb und daß die hohe Ehre, die der Prinz ihr mit seiner Liebe erwies, ihr Herz nur edler und großmütiger machte, jedoch nicht eitel.

So standen die Dinge, als Bastilles Bruder zurückkehrte, wie es die Tante gesagt hatte; der Freund, der Bastilles Ehemann werden sollte, folgte ihm mit dem Eifer eines Mannes, der glaubt, Besitzer der schönsten Frau der Welt zu werden. Doch wie groß war beider Überraschung, als einige Diener, die im Haus zurückgeblieben waren, ihnen Bastilles Abenteuer erzählten und beschrieben, wie der Sophi sie mit ihrer Tante in sein Serail hatte bringen lassen! Der Freier erblaßte bei diesen Worten, und Bastilles Bruder teilte seinen Schmerz, so gut er konnte. Doch im Grunde seines Herzens war er von dem hohen Rang entzückt, den seine Schwester einnahm, und von dem, den er selbst bald einzunehmen hoffte.

'Es tut mir sehr leid', sagte er zu seinem Freund, 'daß eine so hohe Macht dir meine Schwester geraubt hat; du siehst, ich war entschlossen, mein Wort zu halten, aber was kann ich gegen den Sophi ausrichten, ich kann mich nur fügen und ihm danken für die Gunst, mit der er Bastille auszeichnet. Tröste dich, lieber Freund, allem Anschein nach wird der Sophi mich mit Gütern überhäufen. Da ich dir meine Schwester nicht geben kann, werde ich dich wenigstens an meinem Vermögen teilhaben lassen, und ich werde meiner Schwester sagen, sie solle den Prinzen bitten, dich für deinen Verlust zu entschädigen; das wird dir ermöglichen, eine Verbindung einzugehen, die wesentlich über jener liegt, die du mit uns eingegangen wärst.'

'Ich bin dir für alle deine Vorschläge dankbar', erwiderte der Freund, 'ich habe Bastille verloren, die ich geliebt habe; mein dürstendes Herz muß sie immer lieben; die Aussicht, sie zu besitzen, hat Spuren in mir hinterlassen, die allein der Tod auslöschen kann. Genieße die Ehren, die du zu Recht erwarten darfst, und laß mich vor Kummer sterben.'

Bastilles Bruder versuchte vergebens, mit

tröstenden Erklärungen die große Verzweiflung zu lindern, seine Worte verschlimmerten nur noch den Schmerz seines Freundes, und er schwieg.

Tags darauf erfuhr der Prinz, der sich von Zeit zu Zeit nach dem Bruder erkundigte, von dessen Rückkehr. Mesti erhielt Befehl, mit seinem Freund vor dem Sophi zu erscheinen, doch der verzweifelte Liebhaber wehrte sich zunächst dagegen.

'Nein, nein', sagte er zu Mesti, 'geh' allein hin, wenn er auch ein Prinz ist, so kann ich die Hochachtung und Verehrung, die sein Rang den andern Menschen einflößt, nicht teilen, ich hasse ihn, er ist mein Nebenbuhler, dessen Macht ihn für mich noch schrecklicher macht. Was will er mir sagen, der stolze Sophi? Ich erwarte nichts von ihm, der Tod ist für mich das einzige, was mir teuer ist.'

Trotz dieses Unmuts gelang es Mesti mit klugen Worten, ihn zu bewegen, daß er ebenfalls vor dem Sophi erschien.

Der Prinz empfing Bastilles Bruder mit allen Zeichen äußerster Güte und Freundlichkeit. Zu dessen Freund sagte er:

'Bastille war Euch versprochen, ich habe sie meiner Zuneigung würdig befunden. Wenn Ihr sie wirklich liebt, solltet Ihr Euch über ihren

Verlust mit dem Gedanken an den hohen Rang trösten, den meine Gunst ihr verliehen hat. Doch will ich Euch Euren Kummer vergessen machen und Euch ein glückliches Schicksal bereiten. Geht zu meinem Schatzmeister, er hat Anweisung, Euch eine beträchtliche Geldsumme auszuhändigen, und in Zukunft dürft Ihr alles von meiner Güte erwarten; Euch aber, Mesti, da ich das Glück habe, Eure Schwester zu besitzen, Euch gebe ich dafür eine meiner Schwestern zur Frau.'

Nach diesen Worten warf sich Mesti dem Sophi zu Füßen und dankte ihm für die Ehre, mit der er ihn überhäufte; sein Freund tat desgleichen, doch widerwillig und aus Verstellung. Der Sophi bemerkte es, doch da der Prinz sehr menschliche Gefühle hatte und infolge seines Glücks über Bastilles Besitz die Verzweiflung verstehen konnte, die ein Mann, der sie verlor, empfinden mußte, verzieh er Mestis Freund die geringe Dankbarkeit, die er für das großzügige Geschenk bewies. Bevor Mesti den Prinzen verließ, bat er ihn noch um die Erlaubnis, seine Schwester zu umarmen; der Sophi gestattete es und forderte ihn auf, am nächsten Tag wiederzukommen; er tat es und umarmte seine Schwester; und da er sie lange Zeit nicht gesehen hatte, war er selbst von ihrer strahlenden Schönheit überrascht.

Einige Tage später heiratete er die Schwester des Sophi, die nach Bastille die schönste Frau Persiens war. Sein Freund, den ich Créor nennen werde, ging zu dem Schatzmeister, der ihm eine Geldsumme aushändigte, ansehnlich genug, um ihn für den Rest seiner Tage reich zu machen; sobald er sich im Besitz dieses Geldes sah, beschloß er, Persien zu verlassen und durch ausgedehnte Reisen die traurigen Erinnerungen in seinem Herzen auszulöschen. Er reiste ab, nachdem er Mesti Lebewohl gesagt hatte, der trotz seiner Eigenschaft als Schwager des Sophi jene nicht mißachtete, die die Geburt zu seinesgleichen gemacht hatte. Er bediente sich der glücklichen Schicksalsfügung, die ihn über sie erhoben hatte, lediglich, um ihre Liebe zu gewinnen, und teilte mit ihnen die Güter, mit denen der Sophi ihn ständig überhäufte.

Ich habe Ihnen erzählt, Seigneur, daß Créor das Land verlassen hatte. Am dritten Tag seiner Reise, als er einen steilen Weg entlang ritt, erblickte er auf einem Felsen einen ehrwürdigen Greis, der dort schlief. Einige Schritte von ihm entfernt sah er eine Frau mit einem Dolch in der Hand, die sich dem alten Mann in der Absicht, ihn zu erstechen, so leise wie möglich näherte.

Ihr Vorhaben und die Maßnahmen, die sie ergreifen mußte, um es erfolgreich durchzuführen, nahm ihre Aufmerksamkeit so stark in Anspruch, daß sie Créor nicht bemerkte; doch war sie dem Greis bereits schon sehr nahe, ja sie war sogar bereits drauf und dran, ihm den Dolch ins Herz zu bohren, als ein natürliches Erbarmen Créor einen lauten Schrei ausstoßen ließ; er ritt rasch vorwärts, um die Frau an dem Mord zu hindern: bei dem Schrei und dem Hufschlag des Pferdes war der alte Mann erwacht, und das erste, was seine verschlafenen Augen sahen, war die Frau mit dem Dolch in der Hand. Nun wollte sie sich selbst durchbohren, wie um sich in rasender Wut dafür zu bestrafen, daß sie den Stoß verfehlt hatte; doch ihre Verzweiflung nutzte ihr nichts, und ihrer großen Anstrengung zum Trotz gelang es ihr nicht, sich den Dolch in die Brust zu stoßen.

'Du willst dich vergebens töten', sagte der Greis zu ihr und rieb sich ebenso gelassen die Augen, als wäre er durch ein höchst angenehmes Ereignis geweckt worden, 'dein Dolch würde dir einen zu sanften Tod bereiten und dich schlecht für deine Falschheit bestrafen. Du sollst leben, Unselige, aber nur, um bis in alle Ewigkeit dahinzusiechen; du sollst nur so viel vom Leben behalten, daß du das Entsetzen eines ständig gegenwärtigen Todes empfindest.'

Nach diesen Worten erhob er sich, wobei er sich auf einen kleinen Stab stützte, und wandte sich dann Créor zu:

'Kommt näher, Fremder, dem ich mein Leben verdanke', sagte er, 'erfahrt, daß Euch kein größeres Glück widerfahren konnte, als mir diesen Dienst zu erweisen. Folgt mir, Ihr scheint erschöpft, und ruht Euch bei mir aus.'

Er ging auf Créor zu, den die verzweifelten Bemühungen der Frau und die Worte des Greises fast hatten erstarren lassen. 'Alles, was Ihr seht, wird Euch sicher überraschen', fuhr der Greis fort, 'das Wunderbare, das Ihr entdeckt, verursacht Euch vielleicht Furcht, doch seid ganz beruhigt, Ihr befindet Euch in Sicherheit. Und wenn in diesem Augenblick die ganze Welt sich gegen Euch bewaffnete, so würde Euch dennoch die ganze Welt nichts anhaben können.'

Als Créor den Greis so sprechen hörte, beeilte er sich vom Pferd zu steigen, und während er sich ihm mit der Achtung näherte, die er seinem Alter schuldete und vielleicht auch seiner vermuteten Macht, erwiderte er:

'Ich bin sehr froh, Euch vor dem Tod bewahrt zu haben, er hat Euch zu lange verschont, als daß er Euch auf so tragische Weise ereilen dürfte. Im übrigen folge ich Euch, wohin Ihr möchtet, die Verehrung, die Ihr mir einflößt, erlaubt mir keinerlei Mißtrauen gegen Euch, und ich werde mit der ganzen Empfänglichkeit meines Herzens Eure Gunst entgegennehmen, obwohl ich keine andere erwarte als die dankbare Anerkennung, die Ihr mir bereits ausgedrückt habt.'

Nach diesen Worten umarmte ihn der Greis, nahm ihn am Arm und führte ihn zu der Frau, die in der Haltung eines sich erdolchenden Menschen erstarrt war; nur ihre Augen konnten sich noch bewegen, doch genügten diese Augen, um ihre ohnmächtige Wut auszudrücken: ihre Blicke waren wild und flammend; sie schleuderte sie abwechselnd auf den Greis und auf Créor; von Zeit zu Zeit stieß sie tiefe Seufzer aus, ihr Magen hob sich, man konnte sich vorstellen, daß sie an allen krampfhaften und schrecklichen Regungen litt, die Verzweiflung, Zorn und die Gewißheit einer entsetzlichen Marter in einer Seele auslösen. Créor zitterte, als er sich ihr näherte; er glaubte ein Ungeheuer zu sehen.

'Fürchtet nichts', sagte der Alte zu ihm, 'so schrecklich sie auch aussieht, sie ist doch viel weniger gefährlich als dieser Stab in meiner Hand.'

Nach diesen Worten entriß er der Frau den Dolch, dessen Spitze auf ihren Leib gerichtet war.

'Geh', rief er mit einer Stimme, die kräftiger war, als sie natürlicherweise sein konnte, 'geh, gehorche meinem Befehl!' Die Frau, nachdem sie ihm einen entsetzlichen Blick zugeworfen hatte, gehorchte tatsächlich; ihr Gang erweckte den Eindruck, als würden ihre Bewegungen von außergewöhnlichen Triebfedern gelenkt . . . Obwohl Créor sich in einer Lage befand, in der der Tod ihn nicht schrecken konnte, fühlte er doch einen gewissen Schauder beim Anblick dieser Dinge. Der Greis erwies ihm immer noch tausend Höflichkeiten und erklärte ihm, wer die Frau war, die ihn töten wollte.

'Ihr seht mich in sehr vorgerücktem Alter', sagte er zu Créor, 'ich lebe bereits zweihundertsechzig Jahre. Ich erkläre Euch nicht, infolge welcher Umstände ich mich den okkulten Wissenschaften und der Alchimie gewidmet habe, doch nach mehreren Reisen, zahllosen Experimenten, Abenteuern und Mißerfolgen bin ich schließlich zu einer nahezu vollkommenen Kenntnis fast aller Geheimnisse der Natur gelangt; ich kenne die Heilkräuter, ich verjünge jene, die ich verjüngen will, ich könnte hundert Berge aus Gold machen in so kurzer Zeit, wie man brauchen würde, um ihren Umfang zu messen, ich gebe jenen die Gesundheit zurück, denen Alter und schlechte Veranlagung sie völlig genommen haben, und jetzt erforsche ich das Geheimnis der Wiedergeburt; ich gebe die Hoffnung nicht auf, daß ich meine Kenntnisse und meine Kunst selbst über den Tod hinaus ausdehne: dann herrsche ich über die Hölle, alle Geister sind mir untertan, ich unterjoche die bösen und zwinge sie durch meine Anrufung, mir zu gehorchen; die guten werden mir mit Eifer nützlich sein; kurz, mein lieber Unbekannter, es gibt wenige Dinge, die ich nicht weiß, wenige Vergnügen, die ich nicht genossen, kaum einen Zustand, den ich nicht erprobt habe; ich habe fast die ganze bewohnbare Erde gesehen, bin immer sicher gereist, bald auf dem Land, bald auf dem Meer, bald durch die Luft, bald sichtbar, bald unsichtbar, immer auf die Art, wie ich es wollte; ich beherrsche das Geheimnis, den Körper zu wechseln, wenn der meinige allzu verbraucht ist, und da die Seele nicht altert, bin ich, wenn ich es will, ebenso schön, ebenso jung und frisch wie ein Mann von zwanzig. Das heißt, in Wahrheit brauche ich dafür andere Körper, denn ich kann sie mir nicht selbst beschaffen. Doch der Tod, der eine Vielzahl junger Leute hinwegrafft, Fürsten,

Adlige, Bürgerliche, Offiziere, Beamte und andere, liefert mir mehr, als ich brauche, wenn es mir gefällt, meine Seele in einem frischen Körper einzuquartieren. Und ich habe die gute Gabe, daß ich, sobald ich von diesem Körper Besitz ergriffen habe, von welcher Krankheit, Wunde oder sonstigem Übel er auch befallen oder zerfressen gewesen sein mag, ihm sofort seine ursprüngliche Wohlbeleibtheit und Gesundheit zurückgeben kann. Im übrigen gehe ich so vor: wenn ich mich in meinem augenblicklichen Körper langweile, lasse ich mich durch meine Kunst an den Hof, zur Armee, in eine Stadt oder sonst wohin bringen. An diesen Orten prüfe ich, wer alles krank ist. Entdecke ich zum Beispiel am Hof den kranken Sohn eines Edelmannes, so sagt mir meine Kunst untrüglich, ob er an seiner Krankheit sterben muß oder nicht, denn ich bin so zartfühlend und nehme nicht denen das Leben, die dem Tod noch entgehen können. Stelle ich fest, daß der junge Edelmann sterben muß, so mache ich mich unsichtbar, blase ihm, wenn er den Mund öffnet, ein kleines Pülverchen in den Rachen, und eine halbe Stunde später ist er tot. Sofort nachdem er seinen Geist aufgegeben hat, verlasse ich meinen Körper, der kraft meiner Kunst verschwindet, oder besser zerstört wird, und schlüpfe in den

Körper des toten jungen Mannes. Inzwischen glaubt man für kurze Zeit, der junge Mann sei gestorben; doch ich gebe bald mit ein paar schwachen Atemzügen geschickt ein Lebenszeichen (denn ich will nicht durch ein Wunder verblüffen); langsam kehre ich ins Leben zurück, ich spreche, behalte aber noch die Blässe eines Kranken, doch sozusagen eine Scheinblässe; die Eltern freuen sich, daß ich dem Tod entronnen bin, ich schone mich, damit meine Genesung nichts Unnatürliches hat, und wenn ich wieder auf den Beinen bin, gelte ich als der Sohn des Edelmannes. Auf diese Art lebe ich einige Zeit, falls mir die Umstände gefallen, denn ich habe vergessen zu sagen, daß ich, wenn ich in den Körper des jungen Mannes schlüpfe, sofort alles weiß, was dieser wußte; ich habe dieselben Kenntnisse, dieselben Geliebten; und wenn mir die Lust vergangen ist, auf diese Art zu leben, verschwinde ich auf dem kürzesten Weg und entziehe mich unvermittelt der Liebe eines Vaters oder irgendwelcher Verwandten, die die Ähnlichkeit getäuscht hat. Ich werde auch zur Frau, wenn ich will, mit einem Wort, ich habe die freie Wahl der Körper. So viel als verkürzte Übersicht über meine Kenntnisse und meine geheimen Mittel. Nur sollt Ihr noch folgendes wissen: vor fünfundzwanzig Jahren entdeckte ich, als ich durch die Straßen der Stadt ging, eine unglückliche junge Frau, die der Henker zur Hinrichtung führte, weil sie, wie es hieß, ihre Eltern ermordet hatte, die sie an der Heirat mit einem von ihr geliebten jungen Mann hatten hindern wollen. Das Mädchen erschien mir aus der Ferne von betörender Schönheit; ich näherte mich und sah, daß es höchstens achtzehn war; mich erfaßte ein zärtliches Mitleid. Ich hatte zu dieser Zeit die Gestalt eines reichen Kaufmanns, dessen Vermögen und gutes Aussehen ihn zum Geliebten einer der anziehendsten Frauen der Stadt gemacht hatten; dieser Mann war gestorben; ich liebte diese Frau und hatte vergebens versucht, ihre Liebe in Gestalt eines sehr hübschen jungen Mannes zu gewinnen, als der Kaufmann krank wurde: ich war in seinen Körper geschlüpft und genoß sein Glück.

Dies war meine Lage, als ich durch die Straßen ging und das besagte Mädchen meine Blicke fesselte; ihre Jugend und Schönheit rührten mich, wie ich schon sagte; ich machte mich sofort unsichtbar, erhob mich in die Lüfte und entriß sie den Händen des Scharfrichters, der, als er fühlte, wie sie ihm entrissen wurde, ohne daß er jemanden sah, vor Entsetzen davonlief. Sobald ich sie in meiner Gewalt hatte, machte ich sie ebenfalls unsichtbar, und im Nu war ich an dem Ort, an dem ich mein Refugium habe. Dieses Mädchen nun ist die junge Frau, die mich erdolchen wollte und vor deren Verrat Ihr mich gerettet habt. Ihr könnt Euch vorstellen, daß sie höchst erstaunt gewesen war, als sie sich mit mir allein in der Tiefe einer Höhle sah, in der ich kraft meiner Kunst unterirdische Gemächer geschaffen habe, die, dem Tageslicht entzogen, nur von ständig brennenden Lampen erleuchtet werden. Was soll ich Euch noch sagen? ich verliebte mich glühend; ich klärte sie in wenigen Worten über mich und meine Macht auf, ich bezeugte ihr den zärtlichsten Eifer, alles in Gestalt des toten Kaufmanns; ich versicherte ihr, daß ich sie mein Leben lang lieben würde, daß ihr Glück mit mir jenes der Prinzessinnen übersteigen würde und daß jeder ihrer Wünsche stets in Erfüllung ginge.

Als ich ihr alle meine Geheimnisse offenbarte, hatte ich ihr jedoch mein Alter verheimlicht und meine Gabe, den Körper zu wechseln, ich fürchtete, dieser Gedanke würde sie abstoßen. Sie gewöhnte sich an das Leben mit mir; einige Jahre genossen wir die Freuden der innigsten Verbindung, niemals war ich so glücklich gewesen. Doch da ich an einem bestimmten Tag der Woche gezwungen bin, auf meinem Gesicht alle Falten und die ganze Häßlichkeit meines wahren Alters anzunehmen, hatte ich immer von ihr verlangt, sie solle mir an diesen Tagen die Freiheit gewähren zu tun, was ich wollte. Dieser Punkt erregte ihre Neugier; sie tat, als erlaube sie mir herzlich gern, worum ich sie bat, doch heimlich beschloß sie, sich über den Grund meiner Abwesenheit an den genannten Tagen Klarheit zu verschaffen. An einem dieser Tage, an dem ich frühzeitig aufgestanden war, täuschte sie einen tiefen Schlaf vor. Ich beeilte mich mit dem Anziehen, die Zeit drängte, meine Falten bemächtigten sich bereits meines Gesichts, ja während des Ankleidens begann ich mich unter der Last des Alters zu krümmen; sie beobachtete mich, und als sie meine Verwandlung sah, stieß sie einen Schrei aus und rief: "Ihr Götter! was sehe ich? und was bedeutet diese Verwandlung?" Bei diesen Worten erblaßte ich, ich geriet in Zorn, in meiner ersten Regung wollte ich sie ins Verderben stürzen. Sie war in Ohnmacht gefallen, ihr Zustand mäßigte meine Wut; ich brachte sie wieder zu sich und beschloß, aus der Not eine Tugend zu machen; ich erklärte ihr also mein Geheimnis und das unausweichliche Verhängnis dieser Tage, an denen ich gezwungen war, zu dem zu werden, als den sie mich sah. Ich sagte ihr, daß ich immer darauf achten würde, mich in diesen Augenblicken von ihr zu entfernen, und da der Zustand nur einen Tag anhielte, er sie nicht so stark abzustoßen brauche. Sie schien getröstet, doch täuschte mich die Falsche abermals und beschloß insgeheim, sich meiner zu entledigen, denn ich hatte ihr leichtsinnigerweise verraten, daß mich in meinem augenblicklichen Zustand kein Zauber vor dem Tod bewahren konnte, wenn ich an solch einem Tag nicht eine kleine Flasche mit dem Saft eines Krautes tränke, der mir hilft, die Zeit bis zum nächsten Tag zu überstehen. Dieses tödliche Geheimnis hatte ich ihr in einer zärtlichen Regung verraten oder aus unbedachtem Vertrauen, doch sie vergaß es nicht und beschloß, sich seiner zu bedienen, denn sie wußte sehr wohl, daß sie nach meinem Tode ihr glückliches Leben fortsetzen konnte, da ich sie fast alle meine geheimen Künste gelehrt hatte.

Nachdem ich ihr also unbedacht das Geständnis gemacht hatte, verließ ich sie und kehrte erst tags darauf wieder zurück; sie schien sich beruhigt zu haben, und bis heute haben wir zusammengelebt, ohne daß ich ihren finsteren Entschluß geahnt hätte; sie hat nur diesen Augenblick benutzen können, da ich in der Gestalt, in der Ihr mich hier seht, auf diesem Felsen eingeschlafen bin.'

Als der Greis diesen seltsamen Bericht beendet hatte, befanden sie sich am Eingang seiner Höhle; die Frau, die voranging, trat als erste ein, dann forderte der Zauberer Créor auf einzutreten. Zunächst ließ ihn die plötzliche Dunkelheit wanken, doch nach wenigen Schritten folgte ihr eine große Helligkeit. Sie befanden sich in einem geräumigen Saal, von dem aus sie mehrere Gemächer durchquerten, eines prächtiger als das andere, und schließlich traten sie in ein kleines Kabinett, in dem der Zauberer ihn warten ließ, während er in ein anderes ging und die Frau dort einsperrte, nachdem er sie in Ketten gelegt hatte. Dann kehrte er zu Créor zurück, den sein außergewöhnliches Abenteuer stumm und fast bewegungslos gemacht hatte.

'Es wird Zeit, daß Sie etwas essen', sagte der Zauberer, 'es wird gleich aufgetragen.'

Nach diesen Worten klopfte er mit dem Fuß auf den Boden, und Créor sah aus der Tiefe einen mit den auserlesensten Gerichten prächtig gedeckten Tisch heraufkommen.

Der Zauberer klopfte ein zweites Mal, und sofort erschien eine Anrichte mit ausgesuchten Weinen und Likören. 'Essen wir', sagte er zu Créor, 'Ihr braucht nicht zu fürchten, daß diese Gerichte Euch schaden könnten oder nur Sinnestäuschungen wären. Ich werde als erster davon essen; auf diese Weise wird bei mir gewöhnlich aufgetragen, so brauche ich keine Diener und bin darum nicht schlechter dran, wie Ihr seht.'

Nach diesen Worten begann der Zauberer zu essen und forderte Créor auf, desgleichen zu tun: Créor gehorchte aus Gefälligkeit, denn die auf so seltsame Weise aufgetauchten Speisen waren nicht dazu angetan, seinen Appetit zu reizen, außerdem beschäftigte ihn noch immer seine unglückliche Leidenschaft; er aß also, aber mit einem so melancholischen Gesichtsausdruck, daß der Zauberer nach der Mahlzeit zu ihm sagte: 'Ihr erschient mir gedankenverloren und traurig während des Essens, auf Eurem Gesicht zeigte sich eine tiefe Sorge; halte ich Euch gegen Euren Willen hier zurück? Sprecht, habt Ihr Kummer, so erzählt ihn mir, ich schulde Euch Dank und kann alles für Euch tun.' Nach diesen Worten wartete der Zauberer auf Créors Antwort, doch der schwieg einige Zeit mit gesenkten Augen, dann hob er den Blick und sprach: 'Ach, Seigneur, Ihr verdankt den Dienst, den ich euch geleistet habe, eher dem Zufall als mir, jeder Mensch hätte bei einer solchen Gelegenheit dasselbe getan wie ich; doch wenn Ihr mir noch tausendmal mehr Dank schulden würdet, wenn Euer Eifer, mir zu helfen, noch viel größer wäre – mein Leid ist von einer Art, für die es kein Heilmittel gibt. Ich liebte ein Mädchen, Seigneur, die Schwester eines Freundes; dieser Freund hatte sie mir zur Frau versprochen, sobald wir von einer gemeinsamen Reise zurückgekehrt wären; vor unserer Abreise hatte ich geglaubt, sie würde meine Liebe erwidern, doch bei unserer Rückkehr erfuhr ich, daß der Sophi sie mir geraubt hat, der sich während einer Jagd in sie verliebt hatte; sie liebt ihn und verachtet mich, und jetzt genießt sie im Serail alle Vorzüge größten Reichtums und schenkt ihre Gunst meinem mächtigen Rivalen. Ich bin voller Verzweiflung wieder abgereist, habe alles verlassen mit dem festen Entschluß, zu sterben oder eine Liebe zu ersticken, die nur Qual bedeutet. Das ist mein Leid, Seigneur, ich glaube nicht, daß Ihr ihm abhelfen könnt.'

'Ich verzeihe Euch, daß Ihr an meiner Macht zweifelt', entgegnete der Zauberer, 'ein enttäuschter Liebhaber sieht in seinem Schmerz nichts, was ihn davon befreien könnte; doch ich gedenke Euch in Eurer Liebe ebenso glücklich zu machen, wie Ihr jetzt unglücklich seid.'«

Als die Dame in ihrer Erzählung so weit gekommen war, hielt sie inne und sagte: »Das ungewöhnliche Abenteuer, das ich erzähle, hat mich fortgerissen, ich habe doppelt so viel geredet, wie ich sollte, doch man kann nicht auf zwei

Dinge gleichzeitig achten: meine Erzählung hat mich die Zeit vergessen lassen; das ist Ihr Fehler, meine Herrschaften, warum haben Sie mich nicht zum Schweigen gebracht? Ich weiß nicht, wie Sie meine Erzählung gefunden haben, doch Sie wollten etwas hören, was tragisch, phantastisch und spannend ist: ich habe Ihnen so gut ich konnte den Gefallen getan, jetzt möchte ich gern erfahren, wie jemand anderes die Geschichte weitererzählt.« Kaum hatte die Dame zu sprechen aufgehört, als es drei schlug. »Oh, meine Herrschaften«, rief ich, »die Zeit drängt, wir müssen uns mit dem Schluß beeilen; wenn es stimmt, was unser Kutscher gesagt hat, bleiben wir nicht länger als eine Stunde noch hier; jetzt sind Sie an der Reihe, Mademoiselle«, fügte ich hinzu, mich an die junge Demoiselle wendend.

»Nein«, entgegnete diese, »wenn Créor nur mit meiner Hilfe aus der Höhle des Zauberers herauskommt, sieht es ganz so aus, als müsse er für immer drin bleiben: die im Nebenkabinett angekettete Frau, die Geschichte des Sophi, sein Serail, die Geheimkünste des Zauberers, all das fand ich sehr hübsch; doch offen gesagt wäre mir lieber, jemand würde erst den Weg für das restliche Stück der Geschichte bahnen, bevor ich drankomme, denn ich gestehe, ich bin festgefahren.«

»Wenn es nur das ist, was Sie an einer Fortsetzung der Geschichte auf Ihre Weise hindert«, bemerkte der Schöngeist, »so werde ich Sie mit wenigen Worten wegen der Zauberkünste in der Höhle und der ganzen abenteuerlichen Geschichte beruhigen.

Der Zauberer versicherte also Créor, daß er ihn glücklich machen werde: ›Das ist das Mindeste, was Ihr verdient, nachdem Ihr mir das Leben gerettet habt‹, sagte er zu ihm. ›Bleibt ein paar Tage bei mir, Seigneur, ich werde Euch alles beibringen, was zu einem vollkommenen Glück beitragen kann.‹ Der Vorschlag war zu vielversprechend, um abgelehnt zu werden: Créor willigte ein. Um es kurz zu machen: der Zauberer unterrichtete ihn so gut, daß er in weniger als vierzehn Tagen fast ebenso viele Geheimnisse der Natur und der Magie kannte wie der wakkere Alte selbst. Was die Frau betraf, die man im Nebenkabinett gefesselt und gekettet hatte liegen lassen und die zwölf Tage lang die schrecklichsten Schreie und Verwünschungen gegen den Zauberer ausgestoßen hatte, so beschwor schließlich der von Mitleid für sie erfüllte Créor den Zauberer, ihr zu vergeben oder wenigstens ihre Qual zu mildern. Zauberer sind nicht empfindsam: ›Nein, nein‹, antwortete er, ›sie soll ächzen und stöhnen, sie soll sich den Tod wünschen, ohne ihn zu bekommen, sie hätte noch ganz andere Qualen verdient, sprecht mir nicht mehr von ihr!‹ Créor schwieg; doch die schrecklichen Schreie, die Verwünschungen begannen erneut, er konnte es nicht mehr ertragen. Und eines Tages, als der Alte abwesend war, gelang es ihm, da er das Zaubermittel kannte, durch das die Unglückliche gefangen und am Leben erhalten blieb, gelang es Créor, wie gesagt, den Bann zu lösen und ihr die Freiheit zu geben, doch sollte sie dabei endlich den Tod finden. In dem Augenblick, als Créor ihre Ketten zerbrach, trat der Zauberer ein und erblaßte. ›Seigneur‹, rief er, ›was tut Ihr da? Ihr habt Mitleid mit einer Unseligen, die einem Leben ein Ende machen wollte, das Ihr gerettet habt?‹ ›Verzeiht mir, was ich tat‹, entgegnete Créor, ›doch ihre Seufzer haben mich gerührt; und ein Mitleid, dem ich mich nicht entziehen konnte, ist der einzige Beweggrund meiner Tat.‹ ›Diese Tat findet keineswegs meinen Gefallen‹, bemerkte der Zauberer stirnrunzelnd und mit einem so beherrschten Gesichtsausdruck, daß man darauf schließen konnte, er sage nicht alles, was er dachte; ›doch da die Frau Euch soviel Mitleid einflößt, soll sie also sterben, ich willige ein.‹

Kaum hatte er das verhängnisvolle Wort gesagt, fiel sie wie vom Blitz getroffen zu Boden.

›Jetzt seid Ihr zufrieden‹, sagte der Zauberer zu Créor, ›und ich will vergessen, daß Ihr dieser Frau die Freiheit zurückgeben wolltet, denn Ihr habt aus Großmut gehandelt.‹

Nach diesen Worten lächelte er und schien gelassen; doch Créor merkte, welchen Zwang er sich antat, ihm ein freundliches Gesicht zu zeigen: er schloß daraus, daß er verloren wäre, wenn er sich auf den gespielten Gleichmut des Zauberers verlassen würde. Er beschloß, was auch immer für ihn daraus entstehen würde, er beschloß wie gesagt, dem Zauberer zuvorzukommen und jene Tage zu beenden, die die Parzen gegen ihren Willen ständig verlängerten. Der Körper der toten Frau verschwand auf den Befehl des Zauberers hin, der gerade an diesem Tag seine Falten und seine Greisengestalt hatte; in diesem Zustand war er sterblich, vorausgesetzt jedoch, er schlief oder lag auf dem Boden. Sie werden gleich sehen, wie der Zufall Créor bei seinem Entschluß zu Hilfe kam. ›Verlassen wir dieses Kabinett‹, sagte der Alte und nahm Créor an der Hand, um mit ihm in ein anderes Zimmer zu gehen (der Durchgang war eng); während er diese Worte sprach, verlor er eine Krücke, auf die er sich stützte, und er fiel zu

Boden; Créor entschloß sich sofort, die Gelegenheit zu nutzen, er zog einen Dolch aus seinem Gürtel, und indem er sich auf den Alten stürzte, wie um ihm zu helfen, stieß er ihm den Dolch ein paarmal ins Herz. Es kam wenig Blut aus den Wunden; der Zauberer starb mit knirschenden Zähnen und einem schrecklichen Blick auf Créor. Unmittelbar darauf verschwand die Höhle, und Créor befand sich mit dem Greis auf einem Felsen, er sah sogar noch den Körper der Frau, der neben ihm lag, und nachdem er sich gründlich vergewissert hatte, daß der Zauberer auch wirklich tot war, beschloß er, in die Hauptstadt des Sophi zurückzukehren und dort alle geheimen Künste anzuwenden, die er von dem Zauberer gelernt hatte.

Er brach auf und ritt zu seinem Freund Mesti, der über das Wiedersehen entzückt war; die ersten Tage vergingen mit vielem angenehmen Zeitvertreib, und der hinterlistige Créor, inzwischen an Zauberwerk gewöhnt, konnte seine schrecklichen Pläne so gut hinter einer zur Schau gestellten Freude verstecken, daß Mesti ihn völlig geheilt glaubte. Nachdem die ersten Tage vergangen waren, beschloß Créor, seine Pläne nunmehr auszuführen; der Zufall lieferte ihm bald eine Gelegenheit: der Sophi, immer noch von seiner geliebten Bastille bezaubert

und ständig neue Vergnügungen zu ihrer Freude erfindend, hatte ihr zu Ehren alle seine Günstlinge zu einem großen Festmahl geladen, das er in einem kleinen Lusthaus gab; sie hatte dem Prinzen zu verstehen gegeben, daß sie gern mit ihrem Bruder gemeinsam speisen würde. Das Essen fand am späten Abend beim Schein von tausend Fackeln statt, die eine schöne, geräumige Grotte erhellten, in der aus hundert Röhren Wasser sprudelte und ein angenehmes Plätschern verursachte.

Créor hatte durch seinen Freund von dem Vorhaben erfahren, doch dieser hatte ihm versichert, daß seine Freude an dem Festmahl trotz der Ehre, die ihm der Sophi damit erweise, nicht sehr groß sei, da Créor nicht daran teilnehmen könne.

Als Créor glaubte, das Fest sei genügend fortgeschritten, begab er sich kraft seiner Zauberkünste unsichtbar in die Grotte, in der der Sophi, Bastille und die Gäste feierten; er verweilte dort einige Zeit und betrachtete seine Geliebte, die ihm seine Enttäuschung, seine Eifersucht und die sie umgebende Pracht noch tausendmal schöner und liebenswerter machten; er überließ sich ganz seiner wütenden Leidenschaft, empfand die heftigste Begierde, und voller Ungeduld, sich zum Herrn jener zu machen, die sie verursachte, näherte er sich der Tafel; während der Sophi auf die galanteste Weise Bastille zu trinken anbot, wurde Créor plötzlich sichtbar: stellen Sie sich die Verblüffung jener vor, die plötzlich einen Menschen an einer Stelle erscheinen sahen, wo noch kurz zuvor niemand zu sehen war. Bastille stieß einen Schrei des Entsetzens aus und verbarg ihren Kopf in den Armen des Sophi. Créor klopfte mit einem kleinen Stab auf die Tafel: alle Gäste erstarrten sofort, selbst die sie bedienenden Sklaven konnten nicht weitergehen; eine dicke Nebelwolke verdunkelte die Fackeln und hüllte die Anwesenden ein; Créor tat einen zweiten Schlag, und die Wolke erhob sie alle in die Lüfte und trug sie in diese Höhle hier.

›Gewiß wundern Sie sich, Seigneur‹, sagte die Dame zu Ariobarsane, ›daß Créor seinen Schlupfwinkel so weit weg gewählt hat, doch dank seiner Kunst wußte er, daß dieser Ort sehr einsam liegt und die Natur hier eine Höhle geformt hat, die seitdem von ihm vervollkommnet worden ist; er hat die prächtigsten Gemächer eingerichtet, so wie der von ihm getötete Zauberer sie gehabt hatte. Aus den entführten Sklaven und den Kavalieren machte er Wächter, die er durch seine Zauberkünste zwang, die erzenen Türen zu bewachen, welche die Gemächer verschließen.‹

Bei diesen Worten erklärte Ariobarsane der Frau, die ihm das alles berichtete, er habe sehr wohl bemerkt, daß das erste Tor, das er aufgestoßen habe, auch aus Erz gewesen sei; ›jedoch‹, fügte er hinzu, ›da mein Arm trotz Créors Zauberkraft dieses Tor hat aufstoßen können, da ich die Wachen in die Flucht geschlagen habe, sagen mir diese Anfänge voraus, daß ich das Abenteuer vollenden werde und die Götter mir die Ehre vorbehalten haben, das Unglück jener zu beenden, die Créor hier gefangen hält. Doch erzählen Sie zu Ende, Madame, und sagen Sie mir, wie Créor hier lebt, was aus Bastille und dem Sophi geworden ist und weshalb Sie alle hier in diesem Saal sind.‹

›Ich habe Ihnen bereits gesagt‹, begann die Frau aufs neue, ›daß hier an jeder Tür Wachen stehen, Sklaven und Kavaliere, die Créor bei dem besagten Festmahl entführt hatte; er verlängert ihr Leben und erhält sie immer bei gleicher Kraft; unter den vielen Leuten, die Créor entführt hatte, befanden sich zahlreiche Frauen, die er ebenfalls verzauberte. Doch bevor ich Ihnen Einzelheiten darüber erzähle, was hier in dieser Höhle vor sich geht, müssen Sie wissen, daß Créor, als er sich im Besitz von Bastille und dem Prinzen sah, zunächst den Prinzen fesselte und an eine hohe Decke hängte: der unglückliche

Sophi hängt seitdem noch immer in der gleichen Stellung; wir hören sogar bis hierher die schrecklichen Schreie, die er manchmal ausstößt; nachdem Créor diese wütende Tat ausgeführt hatte, schläferte er Bastille ein und warf einen Zauber über sie, der sie bei ihrem Erwachen so geneigt wie nur denkbar machte, seine abscheuliche Liebe zu erhören; sie vergaß während einiger Tage den Prinzen und erinnerte sich seiner nur, um Créor zu bitten, sie an den Ort zu führen, an dem er sich befand; dort ließ sie sich, entfesselter als eine Bacchantin, bis zu der Decke heben, an der er hing, und während sie mit einem Dolch in der Hand seinen Körper mit tausend Stichen durchlöcherte, die sein Leben jedoch nicht beendeten, überschüttete sie ihn noch mit allen schrecklichen Wörtern, die Verachtung, Wut und Grausamkeit nur liefern können, indes der unglückliche Prinz zu ihrer Besänftigung alles sagte, was Schmerz und verzweifelte Liebe an Rührendem ausdrücken können.

Auf diese Weise trieb Créor einige Tage sein Spiel mit Herz und Seele der unglücklichen Bastille; schließlich versiegte seine Liebe, und er verdammte Bastille zu dem gleichen Schicksal wie den Sophi; eigenhändig schleifte er sie an den Ort, wo dieser hing, und nach tausend verächtlichen Anschuldigungen band er sie neben ihm fest. Dort sehen sich die unglücklichen Liebenden also nur, um den tiefen Schmerz zu empfinden, den anderen in alle Ewigkeiten leiden zu sehen; eine barbarische Vereinigung, deren Grausamkeit alle Phantasie überbietet. Bastille bittet den Prinzen ständig um Verzeihung für die beleidigende Art, mit der sie ihn behandelt hat, und der Prinz fleht ohne Unterlaß den Tod für die unglückliche Geliebte herbei; was Mesti betrifft, so hat Créor ihn, da er an Bastilles Entführung durch den Sophi keine Schuld trug, auf solche Art verzaubert, daß er über die Leiden des Prinzen und seiner Schwester entzückt ist. Créor hatte diesen Freund sehr gern und konnte sich nicht entschließen, ihn ins Verderben zu stürzen; er hat ihn zufrieden gemacht und versorgt ihn mit allem, was zu seinem Glück beitragen kann: alle Frauen, die Sie in diesem Saal sehen, sind Sklavinnen, die der abscheuliche Créor täglich holt und zu den Opfern seiner schrecklichen Lüste und denen seines Freundes macht; Sie sehen, alle sind schön, doch liegt Trauer auf ihren Gesichtern, weil sie wissen, wofür der Zauberer sie bestimmt; doch holt er eine von uns hier weg, verschwinden Kummer und Traurigkeit, er kennt das Zaubermittel, im Herzen der Auserwählten eine unendliche Freude zu wecken, sie liebt ihn wild, ebenso wie Mesti; doch folgt der Widerwille auf die Leidenschaft der beiden Männer, dann kehren die Frauen nicht mehr an diesen Ort zurück, sondern werden von Créor in ein Kabinett eingeschlossen, dessen entsetzlicher Gestank sie vergiftet. Ihr Götter! wie viele sind auf diese Weise schon verendet!

In einem anderen Saal, der an diesen hier grenzt, sind unzählige Männer eingesperrt, die gewissermaßen dafür bestimmt sind, Créor und Mesti zu verjüngen; man sieht dort auch viele neun- und zehnjährige Kinder, die der hinterhältige Zauberer ihren Eltern raubt; wenn sie in blühender Jugend stehen, sterben sie an einem Gift, das Créor ihnen in den Mund bläst; danach beleben er und sein Freund die Leichen der unglücklichen Opfer, während ihre eigenen verbrauchten Körper durch die Macht eines Zauberspruchs verschwinden. In einer kleinen Seitenhöhle, die an jenen Saal angrenzt, sind mehrere Unglückliche, die der Zauberer dort eingeschlossen hat, um sie die allerschrecklichsten Qualen leiden zu lassen: es sind Feinde von ihm aus der Zeit des Sophi, oder junge Männer, die während seiner Reise mit Mesti versucht hatten, die Tante zu überreden, ihnen Bastille als Frau zu geben; die Tante selbst war bei Créors

Rückkehr gestorben. Diese traurigen Opfer seiner Rache sind aneinander gekettet, zwischen ihnen tobt ein wütender Haß, der sie barbarisch und grausam macht; sie zerfleischen, beißen sich gegenseitig ohne Unterlaß, das ist ihre Folter. Man kann von hier aus das Klirren ihrer Ketten und den schaurigen Widerhall ihrer Fußeisen hören. Daneben ist eine Kammer, deren Fenster aus glühendem Eisen sind; dort sind jene eingeschlossen, die eine fatale Neugier oder eine großmütige Unerschrockenheit gleich der Ihren in diese schreckliche Höhle geführt hat. Kaum sind sie bei dem ersten Tor angelangt, werden sie von unsichtbaren Feinden ergriffen und in diese Kammer geschafft, wo sie die furchtbarsten Qualen erleiden müssen, die das heftigste Feuer verursachen kann; sie rennen wie Besessene herum, ihre Fußsohlen brennen, sie suchen im Laufen nach Linderung für ihre Schmerzen; schließlich fallen sie erschöpft zu Boden, und ihre Tage enden in unerträglicher Pein, ohne daß sie die Kraft hätten, sich noch zu bewegen. Das, Seigneur, ist die Rache, mit der der grausame Créor jene verfolgt, die ihn in seinem Schlupfwinkel zu stören wagen. Fürchten Sie ein gleiches Schicksal; allerdings ist das erzene Tor, das Sie aufstießen, die Flucht des Wächters ein gutes Vorzeichen für Sie; gebe der

Himmel, daß es keine Täuschung sei und Sie durch einen Sieg über unsere Feinde die Qualen von tausend Unglücklichen beenden. Doch muß ich Ihnen noch etwas sagen, was Ihnen vielleicht Furcht einjagen wird: ich weiß, daß Créors Macht über uns und seine geheimen Kräfte nur durch eine Frau überwunden werden, nur eine Frau kann dieses gefahrvolle Abenteuer bestehen!‹ Als Ariobarsane diese Worte hörte, errötete er vor Freude über die Wahl, die der Himmel mit ihm getroffen zu haben schien: ›Zittern Sie nicht um mich‹, erwiderte er der Dame, ›Ihr Unglück wird ein Ende finden, die Sklaven bekommen ihre Freiheit zurück, der hinterlistige Créor erhält seine verdiente Strafe, nichts wird ihn vor der Wut meines Armes schützen; der Himmel hat mich hierhergeführt, und dem Himmel diene ich; doch Sie, Madame, die Sie mir eine so tragische Geschichte berichtet haben, seit wann sind Sie hier? und wieso wissen Sie alle diese Dinge?‹

›Ich war eine von jenen, die bei dem Festmahl entführt wurden‹, erwiderte die Dame. ›Créor hatte mich einige Jahre vor dem Ereignis hin und wieder gesehen, mein Äußeres hatte ihm gefallen, und seit er hier ist, hat er sich damit begnügt, mich bei den Frauen zu lassen, deren Zahl täglich wechselt. Doch, Seigneur‹, unterbrach sie sich, ›ich kann nicht ruhig Ihre Neugier befriedigen, ich bange um Sie; wenn es noch Zeit für Sie ist, fliehen Sie, Seigneur, setzen Sie nicht ein Leben aufs Spiel, das der Himmel bis jetzt zu schützen schien; noch einmal, Seigneur, fliehen Sie!‹

›Hören Sie auf zu bangen, ich wiederhole es‹, entgegnete Ariobarsane; ›doch erklären Sie mir noch eine einzige Sache, die Sie wahrscheinlich vergessen haben, mir zu berichten: als ich in diese Höhle eindrang, bin ich gestolpert und in eine Art Keller gestürzt, der nur von einer kleinen Lampe erhellt war; ich tastete mich vorwärts und spürte unter meinen Füßen zwei Leichen.‹

›Es ist wahr, Seigneur‹, sagte die Dame, ›ich habe vergessen, davon zu sprechen: der Raum, in den Sie gestürzt sind, ist der allerschrecklichste Ort, dort sind die alten Körper von Créor und Mesti hingebracht worden, nachdem diese andere Körper wiederbelebt haben (denn Créors Zauber kann sie zwar verschwinden lassen, doch nicht vernichten), sie liegen alle in dem schrecklichen Keller, in den Sie gefallen sind; dort verwesen sie, und jene, die Sie bemerkt haben, sind offensichtlich die beiden letzten Körper, die Créor und Mesti erst vor kurzem verlassen haben. Das ist alles, Seigneur, was mir noch zu erzählen blieb.‹

Nach diesen Worten beschwor sie Ariobarsane erneut zu fliehen; doch dieser gab ihr durch seine Antwort zu verstehen, daß ihr Drängen erfolglos bleiben werde, und selbst wenn er glaube, er müsse sterben, genüge das, was sie ihm eben erzählt habe, daß er seine Augen selbst vor der offenkundigsten Gefahr verschließe. Daraufhin schickte sich Ariobarsane an, in den nächsten Saal zu gehen und alle Räume dieser entsetzlichen Höhle zu erforschen, so lange bis er den grausamen und barbarischen Créor fände; doch ein schreckliches Gebrüll und Geschrei ließen ihn jäh verharren: er lauschte, was das sein könne, als er die Tür zwischen den beiden Sälen sich öffnen sah; der Zauberer selbst, umgeben von zwanzig bewaffneten Leibwächtern, erschien, schnaubend vor Wut über das, was ihm von dem Wächter des erzenen Tores, das Ariobarsane aufgestoßen hatte, berichtet worden war. Er suchte nach dem Verwegenen, dessen Kühnheit von einem Erfolg begleitet war, der ihn selbst überraschte; denn es stimmte, daß seine Zauberkünste nur durch eine Frau zerstört werden sollten, und der Wächter des erzenen Tores hatte ihm berichtet, daß ein Ritter durch sie eingedrungen sei: er kam nicht auf den Gedanken, daß dieser Ritter eine verkleidete Frau sein könne, und so schrieb er in seiner schrecklichen Angst den Erfolg des Unterfangens entweder einer Zauberkunst zu, die noch mächtiger war als die seine, oder der Nachlässigkeit, mit der er sich um die Erneuerung der Stärke jener gekümmert hatte, die er zu seiner Sicherheit beschäftigte; mit diesen Gedanken lief er in alle Richtungen und suchte den Verwegenen, der gewagt hatte, ihn in Furcht und Schrecken zu versetzen. Als er Ariobarsane bemerkte, der sich ihm mit dem Säbel in der Hand ebenso gelassen näherte, als gelte es, ein Kind zu besiegen, rief er: ›Woher nimmst du die Verwegenheit, hier einzudringen?‹ ›Wenn es Verwegenheit ist‹, erwiderte Ariobarsane, ›so hoffe ich, der Himmel ist ihr gewogen und schenkt ihr seine Gunst.‹

Nach diesen Worten bedeckte sich Ariobarsane mit seinem Schild, stürmte trotz der bewaffneten Wächter auf den Zauberer los und

. . . doch, Mademoiselle«, unterbrach sich hier der Schöngeist, »der Weg ist jetzt gebahnt, Sie können ihn nach Ihrer eigenen Lust und Laune weitergehen; ein paar Hiebe mit Ariobarsanes scharfer Schwertklinge werden ihn noch vollends begehbar machen; all unsere Sklaven, all die vielen Unglücklichen warten nur auf Créors Fall, um ihre Freiheit zu erlangen; noch schlägt er sich mit der verhängnisvollen Frau, die ihn ins Verderben stürzen soll; ich überlasse Ihnen die Ehre, die Ketten so vieler edler Gefangener zu sprengen.«

»O nein«, erwiderte die junge Demoiselle vergnügt, »dafür werde ich nicht auf das erfolgreiche Ende des Kampfes zwischen Ariobarsane und Créor warten; obwohl ich keine Zauberin bin, verfüge ich über geheime Künste, besonders um einen Bericht zu beenden, der mir Schwierigkeiten bereitet: Sie werden also gleich sehen, daß ein einziges Wort genügt, um den Sophi und Bastille von der Decke zu holen, an der sie hängen, um die Qualen jener zu beenden, deren Fußsohlen rösten, um jene zu befreien, die sich mit bleckenden Zähnen in der kleinen Höhle zerfleischen, um alle Frauen in dem großen Saal nach Hause zu schicken, alle kleinen Kinder ihren verzweifelten Eltern zurückzugeben, die besagte Höhle zu zerstören und sie für immer zu verschließen; ein einziges Wort wird alle diese Wunder vollbringen, und zwar so: Ariobarsane wollte sich also in den Kampf mit dem Zauberer stürzen, als er erwachte und alle Zaubergespinste verschwinden sah, alle Sklaven und Qualen, die seine Phantasie sich ausgemalt hatte; denn er war in dem Tal, in dem er vom Pferd gestiegen war, vor Erschöpfung auf eine schöne Wiese gesunken und dort eingeschlafen; er hatte die ganze aufregende Geschichte nur geträumt.«

Als die junge Demoiselle diese Worte gesprochen hatte, brachen wir alle in helles Gelächter aus und waren uns einig, daß dieser Einfall nach der langen Geschichte, die wir gehört hatten, der beste war, der einem überhaupt kommen konnte. »Ich habe es Ihnen ja gesagt«, bemerkte sie lachend, »ein Wort genügt, um Créors Zauberkünste alle zu zerstören.«

Ariobarsane war also aufgewacht; und da er lange geschlafen hatte, er ziemlich spät zu seinem Abenteuer aufgebrochen war und der Tag sich bereits geneigt hatte, als der süße Schlummer seine kraftlosen Lider schloß, war es nun vollkommen Nacht; nur der Mond schien hell und klar und machte damit die Einsamkeit des Ortes der Lage noch angemessener, in der sich der weibliche Ritter befand. Der wackere Merlin, sein Schildknappenlehrling, hatte sich seinerseits mit dem Rücken an einen Baum gelehnt und war ebenfalls eingeschlafen; er schnarchte mit voller Kraft, als die Stimme seines Herrn erbarmungslos an seine Ohren drang: »Auf, Merlin, reiten wir weiter«, rief Ariobarsane. »Wer ruft da?« fragte Merlin verschlafen. »Ich, steh' auf!« entgegnete der Ritter. Bei diesen Worten erwachte Merlin (wenn man es mit Erwachen bezeichnen kann, daß man die Augen öffnet und noch nicht weiß, wo man ist). Merlin erwachte also, und da er sich, deutlich ausgedrückt, mit dem Hintern auf der Erde an einem Baum lehnend wiederfand, begann er laut zu schreien, der Teufel habe ihn geholt. Bei dem Wort Teufel springt Ariobarsane, der den Kopf noch voller schwarzer Zauberkünste hat, in die Höhe, um seinem Schildknappen beizustehen, falls er seine Hilfe benötigt. Er nähert sich mit dem Säbel in der Hand; Merlin, der im Mondschein den Säbel aufblitzen sieht, was ihn vor Schrecken hellwach werden läßt, stößt, da er sich nicht mehr an Ariobarsanes Verkleidung erinnert, einen Schrei aus, der im ganzen Tal widerhallt, und stürzt davon, als sei tatsächlich irgendein Satan hinter ihm her. »Zu Hilfe, ich bin tot«, schreit er mit einer Stimme, die seine männliche Ausrüstung Lügen straft. Er rennt so schnell, daß er über eine Baumwurzel stolpert und fällt. Ariobarsane, der hinter ihm herläuft, ruft ihm zu: »Vor welchem Feind fliehst du denn, Merlin? Rede! Wieso hast du Angst, wenn ich dabei bin?« Da erkennt Merlin die Stimme seiner lieben Herrin und sagt: »Ach, Madame, ich habe Sie wegen Ihres Säbels für den Teufel gehalten, entschuldigen Sie, aber ich sterbe; haben Sie nicht Ihr Fläschchen ungarisches Königinwasser dabei? ach, welch gräßlicher Ort für eine Nacht!« Inzwischen hatte Ariobarsane aus seiner Tasche das gewünschte Fläschchen gezogen und gab es seinem furchtsamen Schildknappen; nachdem er ihn einigermaßen beruhigt hatte, erhob sich dieser, um die Pferde loszubinden.

Ariobarsane und Merlin bestiegen also ihre Pferde und setzten ihren Weg fort, der Ritter voran, um seinen verliebten Gedanken nachzuhängen; doch Merlin, den das ungarische Königinnenwasser noch immer nicht genügend ermutigt hatte, konnte Ariobarsanes düsteres Schweigen nicht teilen; er ritt neben ihm: »Reden Sie doch ein bißchen«, sagte er, »denn wenn ich uns hier so stumm reiten sehe, kommt es mir vor, als folgten wir einem Trauerzug, das macht mir Angst.«

»Überlaß mich meinem Kummer«, erwiderte Ariobarsane ernst, »ich bin mit meinem unglücklichen Schicksal beschäftigt, und das Schweigen geziemt meinem Schmerz.«

»Ach, du meine Güte«, bemerkte Merlin, »dieser Schmerz und dieses Schicksal werden uns noch dahin bringen, daß wir uns irgendwo den Hals brechen oder man uns das Fell über die Ohren zieht wie zwei Karnickeln; ein schöner Anblick, zwei Ritter wie wir, die nicht mal ein Hemd auf dem Leibe haben; hören Sie auf mich, Madame, wir wollen schwören, niemals in der Nacht zu reiten, das ist nicht gut für Frauen.«

»Frauen wie ich sind stets in Sicherheit, in welcher Lage sie sich auch befinden«, erwiderte Ariobarsane.

»Du großer Gott«, sagte Merlin, »ich weiß wohl, daß den Frauen die Zunge nie versagt; wir würden eine ganze Armee von Rittern besiegen, wenn man sich nur mit Worten helfen könnte, jede von uns taugt da im Todeskampf mehr als vier von ihnen bei bester Gesundheit; aber wenn jetzt ein paar Landleute oder sonstwer hier vorbeikommt, und sie Wind davon kriegen, daß wir keine Männer sind, dann ade liebe Geldbörse, vorausgesetzt, bei der bleibt's; denn das weiß jeder, daß ein Mann neben einer hübschen Frau wie ein Streichholz entflammt.«

»Beruhige dich«, entgegnete Ariobarsane, »die Angst verwirrt dir den Geist; ist es möglich, daß du in meiner Gesellschaft bist und Furcht dein Herz ergreift? Vorwärts!«

Kaum hatte der stolze Ariobarsane diese kühne Ansprache gehalten, als der laute Lärm von Männerstimmen an die Ohren unserer

Abenteurer drang; sie schienen sich rasch zu nähern; Merlin begann zu zittern: »Ach, Madame, jetzt werden wir bestohlen, und vielleicht noch Schlimmeres«, rief er aus, »das ist etwas ganz anderes als der Teufel, der nur in meinem Kopf war; lassen Sie uns fliehen!« Man sollte es nicht glauben, aber zur Schande aller in Romanen gepriesenen Tapferkeit bemächtigte sich eine große Angst des Herzens des großen Ariobarsane; er erblaßte. »O mein Gott«, rief er, »du hast recht, Merlin, dieser Ort ist nicht gut für uns; fliehen wir in diese Richtung!« Und er trieb sein Pferd an und bog in einen anderen Weg ein.

Doch der Hufschlag ihrer Pferde wurde von jenen gehört, die sie in die Flucht geschlagen hatten; es waren Bauern, die von der Arbeit in einem benachbarten Schloß kamen und in ihr Dorf zurückkehrten; einige von ihnen waren vorausgegangen, und als sie die Pferde hörten, glaubten sie, es seien die ihrer Kameraden; sie schrien also mit rauhen Stimmen, so wie die Bauern sie manchmal haben; dieses Gebrüll brachte Ariobarsanes Mut vollends zur Strecke, während Merlin bereits vor Angst die Sprache verloren hatte; der Ritter ist verwirrt, weiß nicht mehr, wohin er soll, und reitet schließlich den Bauern direkt entgegen. Diese Kerle, die plötzlich im Mondschein einen auf seltsame Weise bewaffneten Ritter sehen, bekommen ihrerseits Angst: sie schließen sich zusammen, nähern sich; ein besonders Kühner ruft: »Verdammt, wer tut da kommen?« »Ein redlicher Ritter, der seinen Weg verloren hat«, entgegnet Ariobarsane. »Dann soll er ihn suchen, wenn er ihn verloren hat«, bemerkt der Grobian. »Bitte haben Sie die Güte, Sie Herren Ritter, und sagen Sie mir, in welche Richtung ich reiten muß«, fragt Ariobarsane. »Nach links oder rechts«, erwidert der Grobian, wieder Mut fassend, und erklärt den andern, daß die beiden Männer ganz offensichtlich Narren seien. »Zum Teufel, wir sein zwölf gegen zwo, gehen wir auf die beiden los.« Nach diesen Worten nähern sich seine Kameraden unseren beiden furchtsamen Abenteurern und umringen sie; als sie Ariobarsanes großen Säbel entdecken, ergreift ihn einer. »Mit Eurer Erlaubnis, Herr Rittersmann, her mit Eurem Säbel; ich will ihn Euch nicht stehlen, aber dann wird's Eurem Pferd leichter.«

O Himmel! mußte es dahin kommen, daß eine so edle Person von so unwürdigen Händen entwaffnet wird! »Er steht zu Ihrer Verfügung«, gab der waffenlose, traurige Ritter mit einer Stimme zur Antwort, die sanfter war als das Blöken eines Lammes. »Ei«, bemerkte darauf einer der Bauern, »wo zum Teufel wollt Ihr hin in eurer Maskenrade? Vielleicht nach Deutschland?« »Wir reiten hin, wohin es Ihnen beliebt«, entgegnete der schüchterne Ritter. »Alle Wetter«, rief da der Bauer, »mit euch tut man's einfach haben; wenn ihr uns wollt folgen, wir bringen euch ins Dorf, dort ist der Herr Pfarrer, der versteht's, der tut mehr Flaschen Wein haben als wie Bücher; auf, kommt, erzählt uns unterwegens eure wunderlichen Abenteuer.«

Während das Bäuerlein so mit Ariobarsane sprach, betrachtete einer seiner Kameraden, der etwas weniger geschwätzig war, aufmerksam Merlin. Dieser wartete jeden Augenblick darauf, daß er als Mädchen erkannt würde. »Wo geht's hin?« fragte ihn der Bauer, »was für einer seid Ihr?« »Ach«, entgegnete Merlin mit weiblicher Stimme, »ich brauche Ihnen gar nicht zu sagen, wer wir sind, Sie ahnen es doch!«

»Teufel, tut Ihr mich für einen Hexenmeister halten?« rief der Bauer.

»Nein, nein, durchaus nicht«, versicherte Merlin, »dazu habe ich zu viel Respekt vor Ihnen, ich werde mich hüten, Sie zu beleidigen.«

»Der Schildknappe eines gefürchteten Ritters, und hat Respekt vor einem einfachen Landmann, wie traurig! Tut Euch Euren Respekt für unsern Pfarrer aufheben, seinen Vikar und den Kirchendiener, und sagt mir, wer daß Ihr seid‹, gab der Bauer zur Antwort.

»Du meine Güte, Herr Bauer«, sagte Merlin, »ich habe solche Angst, daß ich nicht mehr weiß, ob ich ein Mädchen bin oder ein Junge.«

Während sie so sprachen, hatten sie sich dem Dorf genähert; beim Anblick unserer beiden Abenteurer hätte man meinen können, hier würden zwei Diebe in den Kerker geführt, Gott helfe ihrer Not; schließlich kamen sie mit den Bauern im Dorf an, ohne daß ihnen ein Leid geschehen wäre; der Bauer, welcher sich Ariobarsanes Säbel bemächtigt hatte, blieb etwas zurück; er hatte seiner Frau gesagt, er würde die Nacht auf dem Schloß verbringen, doch die Arbeit war schneller getan, als er gedacht hatte. Madame Perrette (so hieß seine Frau) erwartete an diesem Abend also nicht ihren Mann. Nun, meine Herrschaften, die Liebe treibt überall ihr Spiel und mit jedermann. Madame Perrette war äußerst sittsam, doch hatte sie ein empfindsames Herz. Ein junger Kerl aus dem Dorf hatte an ihr Gefallen gefunden und ihr seit einiger Zeit schöne Augen gemacht, und trotz der wakkeren Predigten des Herrn Pfarrers, in denen er stets mahnte, man dürfe nur seinen Ehemann lieben, hatte die unselige Perrette ihr Herz nicht vor ein wenig Mitgefühl gegenüber Pierrots (so hieß der Anbeter) qualvollem Martyrium verschließen können. Gerade an diesem Abend nun war Pierrot, als er seine Kühe in den Stall trieb, vor Perrettes Tür vorbeigekommen; da sie verschlossen war, hatte er mit einem dicken Stock, den er als echter Kuhhirte in der Hand hielt, dagegen geschlagen, und Perrette hatte geschrien: »Wer sein da?«

»Guten Abend, Perrette«, hatte Pierrot geantwortet. Auf diese Höflichkeit hin hatte die brave Perrette zur Antwort gegeben: »Ach, Ihr tut das sein, Pierrot, wollt Ihr nicht ein bißchen reinkommen? Meiner ist nicht da, und ich tu die Türe offenlassen, damit es keinen Skandal nicht gibt.« Bei diesen charmanten Worten, die nur ein wenig zu offen gewesen wären, wenn die freimütigen Dorfbewohner nicht jeden Zwang aus ihrem Herzen verbannt hätten, hatte Pierrot sich auf die Hand der guten Perrette gestürzt, die er nun zwischen seinen Fingern fast zerquetschte; die Bäuerin hatte zu ihrer Verteidigung Pierrot einen kräftigen Faustschlag in den Magen versetzt, und der junge Kerl hatte ihr diesen Faustschlag mit einem Biß in ihren von der Sonne gebräunten Nacken zurückgegeben. Nach diesen flüchtigen Zärtlichkeiten hatte Pierrot erklärt: »Ich tu' meine Kühe in den Stall, wartet auf mich, Perrette.« »Nur zu, nur zu«, hatte diese geantwortet, »ich schüre inzwischen das Feuer, weil daß mein Kraut noch nicht gar ist.«

Pierrot kam also vom Stall zurück und traf Perrette, die ihn an der Türschwelle erwartete; zunächst führten sie beide ein ziemlich langes Gespräch mit Faustschlägen, dann gelangten sie unmerklich bis zum Kamin und setzten sich schließlich jeder auf einen Schemel; wieviele Ehemänner wären so, wie sie sein sollten, wenn ihre Frauen und deren Verehrer stets auf ihren Stühlen sitzen blieben, so wie Pierrot und Perrette auf ihren Schemeln! Hie und da mischten sich ein paar Sticheleien in ihr Gespräch. »Wißt Ihr, Pierrot«, sagte Perrette zu dem jungen Bauernkerl, »ich find' Euch sehr nett, aber das tut auch alles sein; insofern, daß Ihr jung und hübsch seid. Andernfalls, wißt Ihr, könnte der Teufel unsere Kühe über die Felder jagen, ich wollte nicht mal, daß Ihr Eure beiden Augen nach mir verdrehen würdet, weil daß ich auf meine Ehre achte.«

»Donnerschlag«, erwiderte Pierrot, »mir tut das keinen Spaß machen, Euch wie ein Pudel hinterherzurennen, Ihr seid härter als wie ein Kieselstein, das ist für mich ein großes Ärgernis; aber ich fühl in meiner Brust so eine verdammte Schwachheit, darum muß ich euch immer auf den Fersen sein: hola, Perrette, tut nicht so spröde.«

Nach diesen Worten beugte sich Pierrot über Perrette, die ihn auf seinen Schemel zurückstieß wie einen Getreidesack; doch, meine Herrschaften, sie werden gleich sehen, wie schlecht der Zufall den keuschen Liebesleuten diente: in diesem Augenblick kam der Ehemann von Perrette mit seiner ganzen Bande herein. Die Haltung des jungen Bauern ließ sie in lautes Gelächter ausbrechen, doch der grobe Ehemann wird zornrot, stürzt schnaubend nach vorn und stößt mit einem kräftigen Fußtritt Pierrot vom Schemel. »So«, fügt er hinzu, »das wird dich lernen, zu unserer besseren Hälfte zu gehen, wenn ich nicht da sein tu.« Der von dem plötzlichen Sturz völlig betäubte Pierrot hielt sich für tot; doch ein paar zusätzliche Tritte von seiten des Ehegefährten brachten ihn wieder zum Leben und gaben ihm genügend Mut zurück, die Flucht zu ergreifen. »Ich sein tot«, schrie er während seines eiligen Rückzugs. »Ich tu jetzt Lärm schlagen wegen dem verdammten Hahnrei.« »Hörst du«, sagte der Mann daraufhin zu seiner Frau, »hörst du, wie er mich bei meinem Namen nennt?« »Er hat gelogen, Jacques«, entgegnete die Frau des Hauses, »weil daß er Verdruß hat, insofern du ihn verschlagen hast; aber er weiß genau, daß es nicht wahr sein tut.«

»Halt den Mund, Frau«, erwiderte der Ehemann und wollte sich auf seine Ehegefährtin stürzen, um sie zu schlagen, doch seine Kameraden hinderten ihn daran und machten ihm klar, daß man zu so später Nacht keinen solchen Lärm machen dürfe. »Weißt du«, sagte sein Freund, ein gewisser Jean, »neulich hab' ich meine Frau erwischt, wie sie sich in unserm Stall mit Blaise geprügelt hat, ihr Fuß ist ausgerutscht und flatsch, lag die Hure aufm Boden; mein Sohn, der François, kommt angerannt und tut mir sagen, daß Blaise meine Frau verdrischt; hola, hola, sag ich dem, ich seh' sie doch, er täte sie noch mehr verdreschen, wenn sie nicht um Hilfe nach mir schrein tät. Verdammt, wo ich das gesagt habe, sieht mich das freche Stück, sie versetzt dem Blaise einen kräftigen Schlag mit dem Holzpantoffel und tut dann aufstehn wie'n Unschuldslamm. Blaise ist ganz krumm durch 'ne andre Tür geschlichen, ich bin in den Stall gerennt, hab' eine Mistgabel genommen und hab' dem Rücken meiner Hausfrau ein paar kräftige Hiebe versetzt; so war das gewesen, und da siehst du, ich hab' viel mehr Grund zum Verdruß gehabt als wie du. Und dadarum sollst du die Perrette in Ruhe lassen, die hat das mit Unschuld gemacht, sie fängt nicht wieder an.«

Doch Meister Jacques wollte sich erneut auf sie stürzen. »Pscht, pscht«, machte der wackere Jean. »Nein, nein, ich bringe sie um«, sprach der Ehegefährte. Er wollte sich von denen befreien, die ihn festhielten, doch seine Frau rannte inzwischen schnell aus dem Haus. »Aber ich stelle fest, meine Herrschaften«, unterbrach sich die junge Demoiselle, »daß ich schon recht lange erzähle; ich habe nur Narrheiten gesagt, ich bin eben nicht ernsthaft, und die Episode, die ich so gut es ging an unsern Roman geflickt habe, die habe ich vor einigen Tagen auf dem Land selbst erlebt. Die Frau von Meister Jacques ist also auf der Flucht und jemand muß sie aus Angst vor den Wölfen zurückholen; besser, sie bekommt ein paar Hiebe mit der Mistgabel, als sie wird von den Wölfen gefressen. Die Reihe ist jetzt an Ihnen, Herr Finanzier, oder auch an Ihnen, Herr Pfarrersneffe.«

Der Finanzier und der Neffe machten nun tausend Umstände, wer die Geschichte weitererzählen solle; es blieb keine halbe Stunde mehr Zeit, wir wollten nicht aufbrechen, bevor sie zu Ende war. Der Schöngeist, dem es nicht an Einfällen mangelte, kam auf den Gedanken, einen

Strohhalm zu knicken und sie beide ziehen zu lassen; der Finanzier hatte das kürzere Stück, und nachdem der Sechzigjährige sich mehrmals geräuspert und ausgespuckt hatte, begann er.

»Ich sage nur ein paar Worte, damit Monsieur (er meinte den Neffen) das Vergnügen hat, die Geschichte zu beenden.

Der Streit war an dem Punkt, den Mademoiselle bereits geschildert hat, das heißt Perrette hatte das Zimmer verlassen aus Angst vor Schlägen; Ariobarsane und Merlin befanden sich noch immer mitten unter dem Bauernvolk, und der Ritter verlangte jetzt seinen Säbel zurück, weil er wieder aufs Pferd steigen und weiterreiten wollte, denn er hatte inzwischen seine Angst verloren; doch die Bauern, die damit beschäftigt waren, Jacques zu trösten und zurückzuhalten, gaben auf des Ritters Worte kaum acht. Inzwischen hatte sich Madame Perrette hinter einem Busch versteckt in Erwartung dessen, was aus dem Zorn ihres Ehemannes noch entstehen würde; sie weinte sogar bitterlich und stieß einige Seufzer aus, als ein Ritter, dem sein Schildknappe folgte und der dicht an dem Busch vorbeikam, Perrettes Jammern vernahm; obwohl er in traurige Gedanken versunken seinen Weg gefolgt war, hielt er jäh inne. ›Mein

Gott, wie unglücklich ich bin‹, sagte gerade Madame Perrette mit erbarmungswürdiger Stimme. Bei diesen Worten zweifelte der Ritter nicht, daß jene, die so traurig klagte, sofortiger Hilfe bedürfe. ›Ach!‹, rief er aus, ›mein eigenes Unglück darf mich nicht daran hindern, meine Pflicht zu tun, stehen wir den Unglücklichen bei und verdienen wir uns durch Tugend die Gnade des Himmels, daß er meine schreckliche Lage beende.‹

Nach diesen Worten reitet er auf den Busch zu, aus dem die Stimme kommt; Madame Perrette, die ihn hatte reden hören, zittert vor Angst und weiß nicht, wer die beiden Reiter wohl sein können, die sich ihr nähern; doch die Bäuerin ist sehr erstaunt, als der Ritter, der sie jetzt entdeckt hat, vom Pferd steigt und ehrerbietig folgende Worte sagt: ›Darf ich hoffen, Madame, daß Sie die Hilfe eines Ritters nicht von sich weisen, den Ihre Klagen und Seufzer an Ihrem Leid Anteil nehmen lassen? Sprechen Sie, Madame, wo sind Ihre Feinde? welches Unglück hat Sie getroffen?‹

Bei diesen höflichen Worten konnte die Bäuerin vor Verblüffung kaum Atem schöpfen, und lange fand sie keine Antwort.

›Sie antworten nicht, Madame‹, bemerkte der eifrige Ritter, ›mißtrauen Sie meiner Tapferkeit?‹ . . . ›Ach, Monsieur‹, erwiderte da die Bäuerin, ›ich kenne Euch nicht und ich habe keine Feinde; ich wohne in diesem Dorf, mein Mann hat mich verprügeln wollen, und ich habe mich hier versteckt.‹ ›Oho‹, rief da der Schildknappe des Ritters, der bis dahin kein Wort gesagt hatte, ›wißt Ihr, Herr Ritter, es gibt solche Madames und solche; und wenn ich ihre Haube sehe und ihr Kleid, dann möchte ich wetten, die da ist eine Hühnerhofmadame.‹ ›Schweig, Timanus‹, erwiderte der Ritter, auf dessen Hirn das besagte Dorf und die zu so später Stunde entdeckte Dame einen großen Eindruck machten, der ihn mit tiefster Hochachtung gegen die Landfrau erfüllte. ›Geleiten wir die Dame in ihr Haus und erkundigen wir uns, weshalb ihr Ehegemahl sie mißhandelt. Fürchten Sie nichts, Madame, welchen Zorn er auch immer haben mag, ich werde Sie gegen ihn beschützen.‹

Mit diesen Worten reichte er Perrette die Hand, die sie nicht ergreifen wollte, und während sie aufstand, erklärte sie, daß sie diese Ehre nicht verdiene. Jedoch mußte sie der zuvorkommenden Beharrlichkeit des Ritters nachgeben; er nahm also ihre Hand und führte so Madame Perrette mitten unter die Bauern, die inzwischen den Ehemann zum Sitzen gebracht und beruhigt hatten, während sie ein wenig Käse aßen und von seinem Landwein tranken als Dank für den Trost, den sie sich ihm zu spenden bemühten. Ariobarsane und sein Schildknappe waren gezwungen, es ihnen gleichzutun, der Ritter hielt also ein Stück Käse in der einen Hand und einen Napf in der andern, in den man ihm Wein eingegossen und den er gerade geleert hatte. So war die Lage, als Perrette wie eine Braut vom Ritter geführt erschien, im Hintergrund der Schildknappe mit den beiden Pferden am Zügel. ›Wo zum Teufel hat die Larve diese Männer aufgegabelt?‹, rief Meister Jacques, als er sie mit dem Ritter eintreten sah, der mit einem Blick auf die Versammelten Ariobarsane entdeckte, das Visier hochgeklappt und Napf und Käse in den Händen. Er war verblüfft über die Ähnlichkeit, die dieser Ritter mit seiner Angebeteten hatte, doch Ariobarsanes Überraschung war noch von ganz anderer Art, denn kaum hatte er den Ritter als den Verehrer Amandor erkannt, stieß er einen schrillen Schrei aus und ließ sich auf die Bank fallen, auf der ausgerechnet die Kerze stand, zusammen mit dem Wein, dem Käse und dem Brot.

›Die Pest soll alle Ritter holen‹, rief der Bauer, der sich mehr über den Verlust seines Weines ärgerte als darüber, daß er seine Frau wiedersah. »Verdammt, ist mein Haus ein Quartier für Haudegen?«

Er beeilte sich während dieser Worte, seine Kerze wieder anzuzünden, die andern Bauern hoben Ariobarsane auf und Merlin weinte, als er seinen Zustand sah: ›Ach, Monsieur Amandor‹, sagte sie zum Ritter, der sie wiedererkannt hatte und auf den Knien lag, ›meine Herrin wird daran sterben.‹

Timanus hörte diese Worte und erkannte die Stimme der schönen Dina; denn bis jetzt war er damit beschäftigt gewesen, die Bauern zu betrachten und die umgestürzte Bank, die als Tisch gedient hatte: ›Zum Teufel, ich glaube, das ist Dina, die da redet‹, sagte er. ›Ich bin es, Timanus‹, entgegnete Dina. ›Gott sei gelobt, du hast Buße getan, so wie dein Herr; und wenn meine Herrin mit dem Leben davonkommt, ziehen wir nicht mehr auf Abenteuer aus.‹«

Hier unterbrach sich der Finanzier und sagte dem Neffen, jetzt sei es an ihm, die Geschichte zu beenden. »Zum Henker, das Ende ist nicht schwierig«, entgegnete dieser; »die Frau, die Ariobarsane war, kommt wieder zu sich, nachdem man ihr einen Eimer Wasser übers Gesicht geschüttet hat; man trocknet ihre Kleider, die davon ganz naß sind, ihr Verehrer Amandor küßt ihre Hände und bittet sie um Verzeihung; sie lächelt, weil sie ihn liebt wie verrückt, und der Frieden ist geschlossen. Danach machen es der Schildknappe und die Schildknappin genau wie ihre Herrschaften; Dina setzt sich auf eine Bank, Timanus kniet sich vor sie, und schon sind sie ausgesöhnt; nachdem er sie auf den Arm geküßt hat, geben die Bauern den Säbel zurück. Timanus, der Geld bei sich hat und Hunger verspürt, gibt ihnen welches, damit sie Wein aus der Schenke holen, Meister Jacques schlachtet zwei Puten und vier Hühner; sie legen ein Tischtuch auf, der Wein kommt, jeder Bauer trinkt, die Fröhlichkeit versöhnt Mann und Frau; Dina spickt das Geflügel und Timanus dreht den Bratspieß. Während die beiden Liebesleute, die auf dem Bett sitzen, sich tausend Koseworte sagen, ist das Essen endlich gar, es wird auf den Tisch gestellt. Amandor und seine Angebetete nehmen Platz und fordern ihre Diener auf, auch Platz zu nehmen; der Bauer und seine Frau kriegen etwas auf einem Extrateller. Amandor trinkt zu oft auf die Gesundheit seiner Angebeteten, die erwidert öfter, als sie sollte, der Kopf beginnt sich beiden zu drehen, sie wissen nicht mehr, was sie sagen; der Bauer und seine Frau, die noch nie bei einem solchen Fest dabeiwaren, sind völlig besoffen, rutschen von ihren Schemeln und schnarchen in der Kaminasche; die Hunde und Katzen holen sich die Fleischreste vom Tisch, denn die vier Liebesleute sind ebenfalls eingeschlafen; nachdem Hunde und Katzen reichlich gefressen haben, legen sie sich auf die Betten, die Kerze geht von allein aus, und alle bleiben so, bis es Tag wird und sie aufwachen; und hurtig frische Eier, eine gute Fleischbrühe, man gähnt, reibt sich die Augen. Kurz, es wird gefrühstückt, die Liebe meldet sich wieder, Timanus holt den Notar, ein Heiratsvertrag wird aufgesetzt, der Fiedler kommt, es wird getanzt, das alles führt zur Hochzeit, die ein paar Tage später zur großen Befriedigung der Parteien stattfindet.«

Der junge Dorfbewohner hatte eben den wunderlichen Ausgang der Geschichte erzählt, als man uns sagte, unsere Kutsche sei bereit; wir verabschiedeten uns vom Neffen, von unserer Wirtin und ihren Kindern und stiegen ein; wir kamen in Nemours an, ich trennte mich von meinen Mitreisenden, beschloß, Ihnen über unsern Spaß einen Bericht zu liefern; Sie nahmen mir das Versprechen ab, es auch zu tun, mein Versprechen ist eingelöst, leben Sie wohl: Ihr Diener.

Anhang

Nachwort

Ein unverständliches Geschick hat es gefügt, daß Pierre Carlet de Marivaux zwar zu den bekannten Autoren der Weltliteratur gehört, von seinen Werken jedoch kaum mehr als einige Komödien und die beiden Romane *La Vie de Marianne* und *Le Paysan parvenu* der literarisch interessierten Öffentlichkeit bekannt sind. Der größte Teil seiner zahlreichen Theaterstücke und seine umfangreichen publizistischen Schriften sind bis noch vor wenigen Jahren nur von Kennern gewürdigt worden, seine Jugendromane fast gänzlich unbeachtet geblieben. Dabei hätte allein die Lektüre dieser handlungsreichen, derb-deftigen Schelmen- und Abenteuerromane genügt, um das Vorurteil der »Marivaudage«, des Preziösen, gewollt Geistreichen, gar nicht erst aufkommen zu lassen. Ein Autor, der eine seiner Figuren anläßlich einer Diskussion darüber, welches Geschlecht das benachteiligtere sei, sagen läßt: »Ach was, Niederkunft! es gibt Frauen, die lassen ein Kind sausen wie einen Furz« *(Le Télémaque travesti)*, hat gewiß nicht die sterile Retortenliebe im Sinn, die mancher voreilige Interpret aus seinen Komödien destilliert.

Von ganz eigenem Reiz in diesem Jugendwerk ist der 1714 veröffentlichte kleine Roman »Die Kutsche im Schlamm«, und zwar nicht nur, weil er höchst unterhaltsam ist, sondern darüber hinaus eine literarische Besonderheit darstellt. Selten sind auf so wenigen Seiten so viele Erzählgattungen durchgespielt worden wie hier: Reisebericht, Schelmenroman, Parodie, Märchen und Bauernfarce – wer Freude am Wie des Erzählens hat, kommt hier auf seine Kosten.

Der literarische Kunstgriff einer Rahmenhandlung, die die Umstände dafür schafft, daß viele verschiedene Geschichten erzählt werden können, ist nicht neu, Boccaccio hat sich seiner ebenso bedient wie Margarethe von Navarra, Chaucer und später Potocki. Neu und vielleicht sogar einmalig ist Marivaux' Einfall, von mehreren Personen nacheinander einunddieselbe Geschichte weitererzählen zu lassen. Das gibt ihm die Möglichkeit, neben dem Erzählten zu erzählen, wie das Erzählte inhaltlich in unmittelbarem Zusammenhang steht mit der Person des Erzählers und dadurch wiederum Form und Stil des Erzählten bestimmt wird.

Die Rahmenhandlung ist ein realistischer Reisebericht, dessen Genauigkeit so weit geht, daß selbst das angegebene Reisedatum – zwei Tage nach Karnevalsende – dem damaligen Fahrplan der offiziellen Kutschen nach Nemours entspricht. Dann jedoch spielt die Genauigkeit keine so große Rolle mehr, manchmal sogar bleibt sie im Eifer des Erzählens ganz auf der Strecke – vielleicht hat der nachfolgende Erzähler seinem Vorgänger nicht richtig zugehört oder auch dieses und jenes Detail wieder vergessen. Wie in fast allen seinen späteren Werken kommt es Marivaux hier bereits darauf an, im schriftlich fixierten Text die gesprochene Lebendigkeit zu erhalten und darüberhinaus die psychische Sprechsituation seiner Figuren zu erfassen, mit all ihren sprachlichen und gedanklichen Ungenauigkeiten.

Nach der derb-ironischen Schilderung einer Dorfidylle beginnt der Erzähler die eigentliche Geschichte, die die an der Weiterreise vorübergehend gehinderten fünf Reisenden und der Neffe des Dorfpfarrers der Reihe nach erzählen werden: den »Stegreifroman«. Hier nun kann Marivaux seiner Lust und Freude an der Parodie freien Lauf lassen. Gegenstand dieser Parodie sind die damals verbreiteten Romane und ihre Klischees, mit denen die Hirne der lesenden Männer und Frauen vernebelt waren. Dem heutigen Leser der *Kutsche* wird es nicht schwerfallen, gewisse Parallelen zu ziehen.

In *La Vie de Marianne* schrieb Marivaux mehrere Jahre später: »Oft glaubt man, etwas zu beschließen, zu handeln, man glaubt seinen Gefühlen, seinen Einsichten zu folgen, aber nichts da, es stellt sich heraus, daß man nur einen geliehenen Geist hat und nur von der Narrheit jener lebt, die sich unseres Vertrauens bemächtigt haben.« Ob es nun Ritterromane sind, Illustriertengeschichten oder Fernsehserien – die Gefahr, daß sie die Entwicklung eines eigenen, eines selbständigen Geistes verhindern, ist bei allen gleich groß.

Während der Erzähler, in dem wir vielleicht zu recht den Autor selbst vermuten, mit überlegener Leichtigkeit durch das Parodistische seine Distanz zu der romantisierenden, von Unwahrscheinlichkeiten strotzenden Erzählung – wer dächte dabei nicht an Don Quijote – deutlich macht, seine Kritik an den Auswirkungen dieser Art Literatur mit desillusionierenden Nebenbemerkungen würzt, geht seine mit einer üppig wuchernden Phantasie begabte Nachfolgerin ganz in ihrer Erzählung auf. Bei ihr sind es die eigenen Vorstellungen und Sehnsüchte, die, von keinerlei Realitätssinn gezügelt, den Lauf der Geschichte voranbringen. So ergibt sich eine Art indirekter Parodie, da das, was die Erzählende selbst sehr ernst nimmt, vom Autor dennoch parodiert wird.

Natürlich beschäftigt sich die Phantasie einer hübschen Frau mittleren Alters nicht nur mit den verwegenen Taten eines weiblichen Helden, sondern vor allem mit der Liebe, sie träumt vom Märchenprinzen. Es ist nicht verwunderlich, daß uns ihre Beschreibungen an *Tausendundeine Nacht* erinnern, denn als die *Kutsche* erschien, waren in Frankreich gerade die ersten Bände der berühmten Übersetzung von Antoine Galland veröffentlicht worden und hatten großes Aufsehen erregt.

So romantisch die Mutter ist, so realistisch ist die Tochter. Sie hat mit all der phantastischen Zauberei wenig im Sinn, und so wird es zur Aufgabe des Schöngeistes, die etwas ausgeuferte Geschichte-in-der-Geschichte wieder zu raffen und ihre Handlung zum Ende zu führen. Doch trotz seines Versprechens, dies in wenigen Worten zu tun, verliert auch er sich in seinen Lieblingsphantasien. Was bei der gefühlvollen

Romantikerin zwar aufregend, doch harmlos war, wird bei dem galanten Schwätzer fast zu sadistischen Perversitäten. Er berauscht sich förmlich an den Beschreibungen von Folterungen, Qualen und durch Zauberkünste gestillter Liebeslust. Marivaux hat später die Geschichte von Bastille und dem Sophi in der Komödie *Verführbarkeit auf beiden Seiten* wieder aufgegriffen, doch gibt es da keinen rächenden Créor, sondern einen Arlequin, und die beiden jungen Dorfleute lassen sich nicht nur von Prinz und Hofdame verführen, sondern verfallen nach mehr oder minder heftiger Gegenwehr sehr bald den Reizen des »Lebens im Wohlstand«.

Der Trick, mit dem die muntere junge »Demoiselle« dem etwas verwirrenden Treiben ein Ende setzt und damit die Geschichte in ihre eigene Erlebniswelt zieht, ist für den Leser dieses Romans sicher ebenso verblüffend und erheiternd wie für die Zuhörer am Kamin. Der Wechsel zu dem nicht in der Phantasie, sondern in der Realität lebenden unbefangenen jungen Mädchen ermöglicht es Marivaux, seiner Vorliebe für die Darstellung derber, naiv-schlauer Personen aus dem Volk nachzugeben. Später bringt ihm diese Vorliebe den Tadel von Voltaire ein: »Ich wünschte ihm edlere Themen«. Hier werden Abenteuer und Liebe so dargestellt, wie sie das junge Mädchen empfindet: gemischt mit Angst und Banalität.

Der nicht übermäßig phantasiereiche Finanzier entledigt sich seiner Aufgabe so rasch wie möglich, doch da ihn sein Umgang mit Geld dazu erzogen hat, die Übersicht zu behalten, ist er der erste, der daran denkt, den armen, vergessenen Amandor, der ja zu Beginn der Geschichte ebenso wie Félicie in die Welt gezogen war, wieder zurückzuholen. Jedoch macht er sich nicht die Mühe, die von dem jungen Mädchen eingeführte umständliche Redeweise der Bauern beizubehalten, denn im Gegensatz zu diesem sind für ihn die Bauern eher Statisten als lebendige Menschen.

Der krasseste Wechsel in Form und Stil der Erzählung jedoch findet – wie übrigens von allen erwartet – mit der Fortsetzung durch den Neffen des Pfarrers statt. Nicht nur drängt die Zeit für die Reisenden, er hat es sicher auch eilig, nach der ereignisreichen Nacht endlich ins Bett zu kommen. Und da seine Interessen wenig über Essen und Liebe hinausgehen und sein Erzähltalent gewiß nicht das größte ist, beschränkt er sich auf die für ihn vertrauten Fakten und malt uns in kunstlosen Hauptsätzen ein bäuerliches Genrebild, bei dem er auch Hund und Katze nicht vergißt und das gerade durch seine vordergründige Naivität seinen Reiz erhält.

Marivaux war es nie darum gegangen, lediglich Geschichten zu erzählen. Wie jedem großen Erzähler ging es ihm um die Form: »Die Art des Erzählens ist stets die einzige Ursache für das Vergnügen oder die Langeweile, die ein Bericht verursacht«, schrieb er in einem seiner Romane. Wie gut er die unterschiedlichsten Arten beherrschte, zeigt das vorliegende kleine Werk, die Erzählung vom Erzählen.

Sommer 1984 *Gerda Scheffel*

Anmerkungen

S. 17
»Coriolan«, Held des Romans *Clélie* von Mademoiselle de Scudéry (1607–1701). Er führt wegen Clélies schöner Augen die schwierigsten Arbeiten aus.

S. 58
»Césarion«, Sohn Cäsars und Kleopatras, Held des Romans *»Cléopâtre«* von La Calprenède (1610–1663).

S. 61
»Artamus«, Gestalt aus dem Roman *Artamène ou le Grand Cyrus* von Mademoiselle de Scudéry.

S. 66
»Brésis«, Gestalt aus *Artamène ou le Grand Cyrus.*

S. 67
»Timanus«, ebenfalls Gestalt aus *Artamène ou le Grand Cyrus.*

S. 68
»Das schwarze Pferd« der Apokalypse verkörpert die Hungersnot.

S. 69
»Ariobarsane«, Held aus dem Roman *Artamène ou le Grand Cyrus.*

S. 82
»Das ›Mädchen mit dem Milchtopf‹« bezieht sich auf die Fabel *Perrette et le pot au lait* von Lafontaine. Bei der Erwähnung des Glockengießers denkt Mari-

vaux an die französische Redewendung »dumm wie ein Glockengießer«.

S. 92

»Mérin« wird später bei der Erzählung der jungen Demoiselle zu Merlin, dem Namen des Zauberers in der Artusliteratur.

S. 96

»Bradamante«, Heldin des Epos *Der rasende Roland* von Ariost (1474–1533).

S. 101

»Sophi«, Bezeichnung für einen persischen Prinzen.

S. 147

»Ungarisches Königinnenwasser«, ein Erfrischungswasser auf der Basis von Rosmarin.

Bio-bibliographische Notiz

Pierre Carlet de Marivaux (1688–1763) führte nach einem kurzen Studium der Rechte in Paris ein ziemlich ereignisarmes Leben, von dem es nur wenige Zeugnisse gibt. 1720 verlor er in der berühmten Law-Affäre sein Vermögen und mußte von nun an von der Schriftstellerei leben. Bis dahin hatte er vor allem Romanklischees oder antike Epen parodierende Romane geschrieben, darunter *Pharsamon ou Les nouvelles Folies romanesques*, 1712, *(Pharsamon oder Neue Narrheiten nach dem Beispiel von Romanen)*, *La Voiture embourbée*, 1714, *(Die Kutsche im Schlamm)* oder *Le Télémaque travesti*, 1714, *(Der parodierte Telemachos)*. Nach 1720 schrieb Marivaux die beiden realistisch-psychologischen Romane *La Vie de Marianne*, 1731–42, *(Das Leben der Marianne)* und *Le Paysan parvenu*, 1734–35, *(Der Bauer in Glück)* und über dreißig Komödien, darunter *La Double Inconstance*, 1723, *(Verführbarkeit auf beiden Seiten)*, *Le Prince travesti*, 1724, *(Der Prinz als Abenteurer)*, *La fausse Suivante*, 1724, *(Die falsche Zofe)*, *L'Ile des Esclaves*, 1725, *(Die Sklaveninsel)*, *L'Ile de la Raison*, 1727, *(Die Insel der Vernunft)*, *Le Jeu de l'Amour et du Hasard*, 1730, *(Das Spiel von Liebe und Zufall)*, *Les fausses Confidences*, 1737, *(Falsche Geständnisse)*, *La Dispute*, 1744, *(Die Streitfrage)*, *La Colonie*, 1750, *(Die Kolonie)*.

Außerdem war Marivaux publizistisch tätig. Er veröffentlichte Texte in dem Wochenblatt ›Mercure de France‹ und gab selbst nacheinander drei Zeitschriften heraus, deren einziger Redakteur und Autor er war: ›Le Spectateur français‹, 1721–24, ›L'Indigent philosophe‹, 1727, ›Le Cabinet du Philosophe‹, 1734, (in der deutschen Ausgabe unter dem Titel *Betrachtende Prosa* zusammengefaßt). Marivaux wurde 1742 in die Académie Française gewählt und schrieb für sie mehrere Abhandlungen, darunter *Réflexions sur l'Esprit humain*, 1748, *(Betrachtungen über den menschlichen Geist)* oder *Réflexions sur les hommes*, 1751, *(Betrachtungen über die Menschen)*. Er starb nach längerer Krankheit Ende des Jahres 1763.